불교문예 동인지 02

야단법석 2

불교문예
불교문예출판부

인사말

 먼저 동인지 발간을 진심으로 축하드립니다. 작년에 이어 올해도 불교문예 동인지를 출간하게 되어 진심으로 격려와 찬사를 보냅니다.

 문학을 통한 포교라는 취지 아래, 1990년 불교문학포교원이라는 이름을 걸고 시작한 《불교문예》는 벌써 20년을 훌쩍 넘어섰고, 올해도 어느 해와 마찬가지로 신인작가를 배출했습니다. 그러나 여러 가지 일로 어려운 시기에 현대불교문인협회 선후배 작가들이 모여 불교문예 동인지 2집을 묶으니 이는 신선한 충격이 아닐 수 없습니다. 참으로 감사하고 고마운 일입니다.

 불교문학을 한다는 것은 일반 문학 이상의 외로운 글쓰기 작업이라 쉬운 일이 아닌 줄 압니다. 문단이나 불교계에서조차도 알아주지 않는 이러한 활동은 부처님 뜻에 계합하기 위해 한치 앞이 보이지 않는, 안개와 검은 구름을 뚫어내는 작업과 같은 것이라고 생각합니다.

 그럼에도 불구하고 각자 아름다운 문학의 꽃을 피워 알찬 열매를 남길 수 있도록 자신을 보고 세상을 살피며 인생을 정리 정돈해 나가길 바랍니다. 그것이야말로 참신한 불교문학, 불교예술이 아닌가 생각됩니다.

 화합의 꽃이라 할 수 있는 동인지 2집 발간에 이어 계속 3집, 5집 발간을 기대하며 여러분의 건강과 문운이 함께 하기를 빕니다.

2017년 봄
현대불교문인협회 회장 **문혜관**

차례

머리말

■ 시

■ 시조

■ 시

강변 외 2편

고영섭

귀명창을 찾아 먼 길 떠난
참매미 한 마리가 낙동강변
소나무 위에 정좌하였다

천지 간에 자신을 알아 줄
지음知音 만나려 그동안 난
몇 바리의 피를 쏟아냈던가

용추폭포* 아래서 소리를 얻고자
칠 년 동안 벌였던 자신과의 싸움
오늘 강가 청솔가지 위에서
내 소리를 알아 줄 이 만난다면

누 세월 동안 벼리고 벼리어 온
소리란 소리 다 풀어 놓으리
한 땀 한 땀 떠온 허물 다 벗어 놓으리.

* 경북 상주에 있는 폭포

그리운 낙산사*

엄마만 생각하면 목이 맨다

사랑하다가 애간장이 녹아버리듯

바람이 부는 봄날이 오면

참선하다가 죽어버리듯 떠난

그녀를 불러보며 눈물 짓는다

사랑하다가 온몸을 태우면서도

사리 하나 남기지 않고 떠난 그녀

나는 관음 성상 앞에 머리를 조아리고

살아 못다 사랑한 그녀를 떠올리며

소리 없이 울음 운다 그리운 낙산사.

* 2005년 4월 5일 한 성묘객의 담뱃불에서 옮겨 붙은 불에 의해 국민사찰인 낙산사
  의 전각들이 불타버렸다. 국고와 국민성금을 모아 진행한 4년 간의 복원불사가
  2009년 마무리되었다.

여름 하늘

굴참나무 위에 앉은 매미 한 마리가

온몸을 비벼대며 노래를 짜낸 뒤

우화羽化하고 남긴 허물 하나를 떨어뜨렸다

한 올도 얽히지 않고 짜낸 비단 옷자락

뜨거운 여름 하늘이 빚어낸 한 권의 시집

난 아직도 허물이 많아서

늘 가락의 올올마다 코가 걸리기만 하는데

여름 내내 매미는 나무 위에서

쉬지 않고 한 뜸 한 뜸 수를 놓았다

늦여름을 재촉하는 하늬바람처럼

더위의 그물에도 걸리지 않고

허물이 허물 되지 않는 천의무봉天衣無縫의 절창을.

향기의 독毒 외 2편

구옥남

몇 날을 새침하더니 열닷새 보름 달빛 아래

핑크빛 제 가슴 열어젖히는 천리향

월세 집에서 전셋집으로 옮겨 다닐 때도

사시사철 푸르게 집을 지켜온 밴자민

수문장처럼 지키고 있으니

발코니 창문 반쯤 열어 놓기로 하자

천리 먼 길에서도 그 향기 맡을 수 있게

우울의 겨울은 아직 끝나지 않은데

어쩌자고 꽃을 피우는 건지

애절하다가 간드러지는 뽕짝도 깔았다

야릇한 조명도 흔들렸다

핑크색 레이스 치마를 팔랑이며 나비처럼 춤을 춘다

색종이 오려 뿌려 놓은 듯 수 백 마리 나비 떼가

향기에 취해 널브러져 있었나

삼십 년 나의 작은 터를 지키던 밴자민

잎 하나 떨구지 않은 채 꼿꼿하게

제 가지 똑똑 분지르고 말았다

아프다

다리 하나 없는 비둘기
사람들이 던져주는 과자부스러기
뒤뚱거리며 쪼아 먹고 있다
누군가, 무심히 뱉은 껌 때문인지
아니면 비닐 끈 일수도

그때 우리는 장난삼아
파월 장병들에게
위문편지를 보냈다
꽃을 피우고 단풍처럼 물들던 이야기들
사진까지 주고받으며
귀국하면 꼭 만나자던 사람
지구 반쪽을 이끌고
그가 귀국했다

뒤뚱거리며 먹이 쪼아 먹는
비둘기 바라보면서 그때
무심한 내 장난이
나를 아프게 한다

등급

대형마트 붉은 진열대
한우 고기들이 1등급 2등급
꼬리표를 달고 있다
인삼을 먹인 놈 마늘을 먹인 놈
어떤 주인을 만나느냐에 급수가 매겨진다

영상 30도를 오르내리는 불같은 날
고층아파트 도색을 하다
말벌에 쏘여 119에 실려 가는 도색공

방학이 더 바쁜 초등학생
학원으로 과외로 캥거루가 되어버린 엄마
칸칸이 목줄 묶여 인삼을 먹고 마늘을 먹는다

느슨하면 제소리를 내지 못하는
현악기의 줄처럼
등급을 향한 탱탱한 줄이다

그 스님, 그 수녀님1 외 2편

권 현 수

"내 말에 속지 말라"하시던 그 스님은
깊은 산 속 수행처의 독한 추위를
수십 년을 입어 누더기가 된 한 벌의 잿빛 승복으로 견디셨습니다
'내가 사람들을 속이고 있는 것은 아닐까' 두려워하시던 그 수녀님은
사철 뜨거운 열대의 무더위를
푸른색 띠를 두른 한 벌의 사리로 이겨 내셨습니다

항상 하느님의 큰 사랑으로 즐겁고 명랑해 보이던 그 수녀님은
가난한 이들 중에서도 가장 가난한 이들을 섬기며
드디어 성녀가 되신 그 수녀님은 고해신부인
피카키 신부님의 요청에 따라 쓴 예수님에게 보내는 고백서에 쓰셨습니다
"하느님이 제 옆에 계시지 않는다는 느낌으로 고통스럽습니다. 하느님이 안 계신다면 영혼도 존재할 수 없습니다. 영혼이 없다면 예수님 당신도 진실이 아니겠지요. 천국은 얼마나 공허한가요. 천국에 대한 생각은 단 하나도 제 마음에 들어오지 않습니다. 희망이 없기 때문에 제 영혼을 스치고 지나가는 이 끔찍한 생각들을 적는 것이 두렵습니다."
말로 표현할 수 없는 깨달음의 진리를 말로 일러일러 제자들을 가르치시고

목마른 대중들에게 삼천 배를 하라 이르시던 그 스님은

"일생 동안 남녀의 무리를 속여서

하늘에 넘치는 죄업은 수미산을 지나친다.

산채로 무간지옥에 떨어져서 그 한이 만 갈래나 되는지라

둥근 한 수레바퀴 붉음을 내뿜으며 푸른 산에 걸렸도다."

라는 열반송을 남기셨습니다

나는 스님이 속지 말라 하시던 그 말씀이 무엇을 뜻하는지 궁금하여서, 수녀님이 우리를 속이고 있는지도 모른다는 그것이 무엇인지 알지 못해서 앞으로도 몇몇 생生을 더 살아야 하는 것이 아닌지 두려워 진답니다.

외나무 다리
— 조주, 아홉 번째 질문

목줄 풀린 강아지가
토끼풀꽃 대궁이 속으로
쿵쿵쿵쿵 코를 박는 저물녘

노랑나비 한 마리는
민들레 이파리 위에서
팔랑팔랑 부채질 하는 풀섶이다

말을 타고 외나무다리를 건너려는
사람 하나 지나가는
외딴 길.

멍멍경經 소리를 듣다

길 없는 길을 따라
문 없는 문을 지나
망월사 설법전에 오른다

이뭣고!
춘성스님 주장자 높이 들어
법상을 내려치시니
멍멍멍멍멍
댓돌 아래 놀란 강아지 소리
묻지 않는 질문이고
대답 없는 대답이다
만 가지 생각으로 어지러운
내 머리 위에 떨어지는 죽비소리다

멍멍멍멍멍
도봉산에서 멍멍경經 소리를 듣는다.

산수유의 꿈 외 2편

김 명 옥

잠깐 한눈팔고 나면
곁에 있던 사람들이
연기처럼 사라지는 꿈을
자주 꾸던 겨울이었습니다.

종잇장 같은 얼음 위를 걷다가
달빛 허리에 두른 채
노란 입술 나누었지요.
혼곤한 봄의 입김

어둠에서 길어 올린 향기는
왜 마음에 오래 깃드는지

자막처럼 스쳐 지났던,
나의 고향
그 전,
전…
고향으로
슬그머니 무너집니다

고달사지에서*

늙은 바람이
흙바닥에 몸을 길게 눕힌다
다음 행선지를 정하지 못하고
더듬더듬
헝클어진 입술로
무슨 말인가를 하려다
그만 두고 돌아눕는다

내 속에
거미줄 걷고 보면
남은 것은
한 뼘 소포지 뿐인데
무엇을 찾으려고
여기까지 건너왔을까

숨은 그림들
한참 뒤적이다가
정적을 베고
얕은 잠에 들었다

주춧돌이

모가지를 길게 뻗어

들여다 볼 뿐

숨바꼭질 지쳐갈 때

저녁 빛 들쳐업고

기우뚱,

그림자 하나 걸어 나온다.

* 여주시에 있는 신라시대의 절터.

영원의 노래

소멸에 이르는 긴 여행길
어디쯤 와 있는 걸까

전생에 버리고 온
기억의 창고
열쇠를 돌리면
낡은 필름으로
재생되는 시간들

섣부른 희망은
돌처럼 말이 없고
이승의
뒤숭숭한 꿈자리

보채는 번뇌
등에 업고
삼사라의
강을 건너면
그대 잠 속 맴도는

영원의 노래

무중유無中有 유중무有中無
밤새워 펼치는 별들의 법문

낙화유수 외 2편

김 성 부

꽃잎이 지고 있더라
빨간 꽃잎들 지고 있더라
짓궂은 바람에 울고 있더라

낙화유수라 했더라
바람에 지며 울음 우는
꽃잎들의 들썩이는 어깨도
꽃잎 흐름 따르며 가슴으로
물길 만드는 세월도 낙화유수라

꽃잎 지고 있더라
바람에 원 없이 지고 있더라
마음깊이 하얀 그리움 지고 있더라

구절초에서 고향 꿈을

구절초 앞에서 고향 꿈을 꾼다
해질녘 먼 들길에 그림자 벗 삼아
힘겹게 걸어오시던 어머니의
노을 같은 모습을 꿈속에서 본다
석양 종소리 꽃잎에 얹힌다
파란 하늘 떠받들고 세월을 읽는
하얀 꽃잎을 바라며 함께 긴 여울이
되어가고 있는 아들의 무딘 손길을
홑적삼 고단한 어머니 앞에 놓는다
어머니의 사랑*이 어찌 구절초에만
절절이 살아 있으랴
도량에 흐드러진 야생초 여린 꽃잎
가늘게 흔들리는 저 꽃잎들이 모두
지고한 어머니의 사랑인 것을.
구절초 애틋한 향기 맡으며 꿈을 꾼다.
가도 가도 가까이 다가오지 않는
시골길 외로운 어머니의 꿈을 꾼다.
분홍빛 코스모스 한 아름 안아다가
꽃 마음 보다 더 진한 세월의 내음을

어머니 작은 가슴에 고이 모실 것을.

구절초 하얀 꽃잎에 노을 내린다
태풍 같이 왔다간 고향 꿈을 그린다.

* 구절초의 꽃말

산수유 꽃구경 간다

아침 산수유 황금빛 노래를 듣는다.
신문에 핀 산수유 마음 설레는 봄노래
폴모리아악단의 '위대한 사랑'보다
더 화사하고 고운 노래를 오래 듣는다.
물기어린 하늘에 떠도는 철새 무리들
남도 작은 산골 모질게 춥던 겨울 삶을
노란 꽃잎으로 한참 피워 올리고 있는
소식을 알고 있을까 바람은 알고 있을까
'영원한 사랑'이란 꽃말을 알고 있을까

지면 가득 꽃 색깔 노랗게 번지고 있다.
산수유 가늘고 긴 꽃 울음도 피고 있을지
서둘러 떠나 산동 마을 노란 슬픔으로
세월 엮어온 아낙의 가슴 보고 싶어진다.
황금빛 꿈속 헤매다 밤 지샌 이른 아침
서둘러 남도로 산수유 꽃구경 가야지.
꽃잎 만지며 山同哀歌* 떠올릴지 몰라
붉은 열매 '불멸의 사랑'으로 높이 걸리는
계절이 오면 흙 담장 길 다시 찾아들어

꽃 마음 흩날리는 옛 사람을 기다려야지
샛노랗게 물든 가슴 어디 둘 데 없어도
물가에 얼굴 씻으며 하늘 보고 웃어야지.

* 1948년 여수반란사건 때 산동마을에서 이유도 모른 채 국군에게 무참하게 끌려가
  던 열아홉 처녀가 애절하게 불렀다는 노래.

어머니의 교차로 외 2편

김 수 원

어머니의 교차로에는 신호등이 없다
굽은 등뼈처럼 횡단보도 흰 선이 흐려진
세월의 막바지에 닿아
한 발자국도 내딛고 설 곳이 없다
지팡이 끝으로 남은 생애에도
끝나지 않은 사랑으로
원망하는 마음은 없는데 앞이 보이지 않는다
자식들이 서로서로 떠미는
여섯 갈래로 갈라진 도로 위에서
짓무른 눈길로 갈 길 몰라 서성인다

지난 세월이 차의 속도로 스쳐간다
어린 피붙이의 끈으로 딸린
여섯 자식을 등에 업고 양손을 잡고
고된 세상길을 건널 때
두려울 것 없던 시절이 어른거린다
입에 맞지 않는 틀니처럼 어긋나기만 한
자식들의 광채를 내뿜는 눈빛으로
무섭게 달리는 차량들 앞에서 섬뜩하다

가로등은 무심히 딴전을 피우고

눈보라는 끊임없이

팔순의 백발로 덮인 어머니의 머리위로 쌓여갔다

신호등이 없는 교차로 앞에서

막막히 바닥이 되는 시간들을 끌어 앉고

어머니는 망부석이 되어갔다.

먼지

산도産道 같은 문틈으로 새어든 한줄기 빛, 먼지 떼가 출몰한다 빛의 양육에 증식한다

장롱 밑 컴컴한 구석에서 태아의 뼈마디를 키운 먼지들. 빛살이 닿자 첫 울음인 양 깨어난다
생의 지문을 찍고 시간 속을 부유한다 하루살이처럼 태어난 날이 곧 죽음을 맞는 최후의 날로
비산한다 가벼운 먼지 입자로 지상에서 손님인 양 떠돌다 제 몸을 무덤으로 묻는다

몸을 육탈한 영혼들, 봉분을 두른 천장을 빠져나와 대기권에 쌓인 어둠의 층을 뚫는다 우주를 비행하여 별빛으로 뚫린 구멍 속으로 휩쓸린다 저마다 전생의 별자리를 찾아 영원한 광년으로
빛살을 반짝인다

현생의 시간에서 세포분열한 몸, 피안에 안착한 영혼, 먼지의 밀도가 나의 존재이다

몸의 소리

흰 머리로 백수를 맞은 엄마와
두 살배기 손녀를 본다
엄마는 가난이 짓누른 무게에 등이 굽고
가계를 지탱한 다리가 폐가의 기둥처럼 벌어져
곧 무너질 듯 뒤뚱대며 걷는다
노구에 괄약근이 헐거워진 엄마를
화장실에 모셔다 지린 뒤처리를 해드린다
엽록체의 동화작용을 하는 손녀도
변기에 앉혀 뒤처리를 하게 한다

윤회하는 생에 어린 나이로 돌아간 엄마
밥 달라, 물 달라고 보채고
몸 아프다, 놀아 달라 칭얼댄다
첫새벽에 자명종같이 울리는 삭신의 아픔으로 깨여
고된 하루 일을 시작하고
석양에 공명하는 무릎 통증으로 식구를 품은 세월
몸의 소리에 맞추다보니
어느덧 육신이 쇠약해져
두 살 아이가 아흔 아홉 살의 모습이 된다

말간 눈빛을 맞추고 까르르 웃는
두 돌을 맞은 엄마와
백수에서 머나먼 시간을 되돌린 손녀
둥근 궤도를 두른 우주로
사라지려는 백색 외성外星과
이곳에 태어난 새파란 신성新星이
쌍생아처럼 서로를 밝게 비춘다.

풀이 자라는 쪽 외 2편

김순애

풀들은 위로 자란다고 생각하지만
사실, 잘려도 개의치 않는 쪽으로 자란다.
또한 풀들은 마디를 갖고 있다지만
잘린 부분이 가장 큰 마디가 된다.
마당가 풀을 낫으로 베어 놓고
며칠 후면 금방 자란다.
낮은 공중만큼 기름진 밭도 없을 것 같다.

넓은 광장이 자라는 밭
넓은 공터가 자라는 공중의 밭

풀은 몰래 자란다.
무엇을 감추기도 잘한다.
그 속을 헤집어보면 깨진 사금파리도 들어있고
초봄에 내린 비의 뿌리노 들어있고
풀빛 뱀도 들어있다
그러나 벌레는 없고
벌레들 소리만 들어있기도 한다.

달은 빈 쪽으로 자라고
둥근 쪽으로 빠져나간다.

손톱은 늘 잘라지는 쪽으로 자란다.

창문

그물코가 없는 유리풍경에
새들이 종종 걸린다.
앵두가 붉게 물들면
둥근 열매들을 찾아 참새들이 파닥거린다.
덧문을 열고 아직,
따뜻한 풍경만 창문으로 부른다.

사람의 기억이란 촘촘하고 몹쓸 그물이다
일정하지 않은 길목에 저절로 펼쳐져 있는
엉켜있는 그물,
파닥거리는 날개들은 날아가기도 하겠지만
길목을 향해 날아오기도 하는 것.
어떤 기억도 활짝 열린 적 없고
굳게 닫힌 적은 더더욱 없다.

불면이 펴놓은 늦잠을 깨우는 새들
파닥거리는 날개는 암수가 없어 그나마 다행이다
이럴 줄 알았으면
당신과 나 한 몸에 깃털로 붙어 있을 것을

산수유나무 가지에 단 한 송이 꽃으로 걸릴 것을

노란 꽃들이 다닥다닥 걸린
산수유나무도 오늘 보니 그물이다.
어느 쪽으로 날아가던 꽃들일까
북쪽으로 틀어놓은 가지에는 꽃들이 걸리고
남쪽으로 걸어놓은 가지에는
다시 북쪽에서 내려오는 푸른 이파리가 걸린다.
그리고 종래에는 붉은 열매가 걸리겠지.

기억도 비어있을 때가 있다
현실이 즐거우면
꽃 떨어진 가지 같이 기억은 비어있다

숲, 천막

협곡을 보는 순간 참, 아름다운 막사라고 여겼었다. 삼각으로 펼쳐진 숲을 보면 그 또한 아름다운 천막 같다는 생각. 기둥 한 두 개가 아니다 수만 그루의 기둥을 세우고 이파리들을 팽팽한 천으로 삼은 야생의 야영지. 세간 도구들이 다 갖추어져 있다 물도 있고 넓적한 바위도 있고 가끔 춥다 싶으면 불길 번지다 꺼진다. 사람으로 넓이를 재는 천막과는 다르다.

숲이 시끄럽다. 새가 날고 짐승들이 한 천막에 모여 야생의 섭식과 공존을 한다.

백화점 진열대에 펼쳐놓은 텐트를 보면 작은 숲 한 채가 펴져 있는 것 같다. 작은 야산 하나가 세워져 있는 것 같다. 산의 틈을 고르고 그곳에 야영지를 정하듯 지구에 야영하는 산과 숲들.

겨울이 도착하면 여름천막은 사라진다. 그래서 야영지다. 빈 기둥들민 산의 곳곳에 남아 있다. 아니다, 자잘한 것들은 그 기둥 안으로 들어갔거나 혹은 들여놓았거나했을 것이다. 스스로 교대하는 천막, 스스로 행하는 것들은 참 아름답다.

아름다운 막사를 하나 세우고 빗소리 천둥소리를 베개 삼아 잠들고 싶다.

연어 캔 외 2편

김인숙

연어 캔을 딸 땐
그 속에 고이 잠들어 있는 한 일생을 깨우지 않도록
주의해야 해요

연어를 놓아주세요
소파에서 빈둥거리지 말고
세찬 물살로 연어를 돌려보내 주세요
연어의 뱃속엔 역류하는 세계가 들어 있어요
그것은 아름다운 파문,
연어는 자초自招하는 물고기예요
예정된 그 죽음의 행로를 잘라야 해요

강은 포기를 모르죠
강을 포기하는 것은 연어가 아닌 우리들이니까요
흐르거나, 솟구치거나 한
연어의 꿈
폭포수를 거슬러 오르던
힘찬 꼬리가 달린 우리들의 꿈 말이에요

연어 캔을 딸 땐

한 생애가 이룩한 파문이 쏟아지지 않도록

주의해야 해요

마지막 비행

〈창고대방출 마지막 정리〉
바람을 타고 날아온 전단지 한 장
내 발밑에 와서 힘없이 툭, 날갯죽지를 접는다
온기라곤 없는,
계절을 놓친 과월課月의 종이 새
마지막 찬스를 물고 날아와
눈치를 살핀다

아직,
정리할 그 무엇이 남아 있다는 듯이

전봇대를 지나
가볍디가벼운 지붕들을 지나
고층빌딩 사이를 지나
며칠 남지 않은 유효기간을 지나

찢기고 구겨진 날개로
도심 한가운데까지 날아온 새 한 마리

마지막 정리를
마지막 숨결처럼 물고
팔랑거리고 있다

뼈 하나 없는 새의 날개를 고이 접어
품속에 넣는다

눈먼 집

오래된 바람이 녹슨 철 대문을 두드린다 함부로 웃자란 풀들이 처마 끝 거미줄을 뜯어 먹는다 산 채로 늙어가는 붉은 고염나무의 푸념 때문인가 오목눈이 한 마리가 폐허의 그늘을 물고 어디론가 사라진다 목이 꺾인 굴뚝 속으로 스며드는 햇발의 기둥들, 햇발에 불을 붙여 옛집을 밝힌다

식은 구들장에서 할아버지 헛기침 소리를 듣는다 아랫목에 묻어 두었던 무덤 같던 밥공기는 다 어디로 갔을까 장판 밑에, 장판 밑에 우글거리던 쥐며느리들이 다 파먹었나 아궁이 흙벽 그을음 속에 아아, 쥐며느리의 수명은 너무 길다 할아버지 기침 소리가 자꾸 헛발을 딛는다 지붕 너머 아득한 대숲이 옛사람을 부른다

꽃댕강나무 외 2편

김 승 기

무릇 꽃이라면 한 번만 피어야 한다

민들레 할미꽃 개나리 진달래 제비꽃 백당나무 기린초
어쩌다 가을에 만나는 봄꽃들
참 보기 싫다

얌전하다가도
술만 들어가면 밤새도록 한 말 또 하고 또 하는
술 한잔 거나하게 사주면 다 괜찮다는 듯
듣기 괴로운 사람이야 아랑곳없이 싫다는 사람 억지로 붙잡고 되지도
않은 자기 말만 되풀이하면서 괴롭히는
주정뱅이 이웃집 김씨,
어릴 때부터 날마다 면전에서 밤새도록 시달렸는데도 여태껏 술버릇
고치지 못하고
지금은 전화로 시달려야 하는
일 년이 지나도록 보기 싫은 고향의 아버지와 닮았다

그 어디에도 화풀이 할 수 없는 얼마나 고단한 삶이 한으로 쌓였으면
친숙하다고 내게만 풀어놓겠냐 싶어 이해를 하면서도

노이로제 걸릴 것같이 쌓이는 스트레스에 마침내는 화를 내고 일어나
피해야만 하는 김씨의 담배연기처럼 싫은 술냄새 술주정,
　봄에 피고도 가을에 또 피는 꽃댕강나무다

　아무리 향기 좋으면 뭘 해,
　열매 맺지도 못하면서
　일 년에 두 번씩이나 꽃을 피우는
　꽃댕강나무
　다시는 관상수로 맞닥뜨리고 싶지 않은 꽃이다

　꽃은 한 번 피는 것으로 족하다

바위솔

여기 소나무를 닮고자 하는 풀이 있다

풀과 나무라는 태생이 다른 모순의 혈통

푸른 속옷과 은빛의 겉옷을 선호한다

솔잎이 창이라면 바위솔잎은 방패라 해야 할까

잎이 넓적해도 가시 달린 끝은 솔잎 못지않다

땅에다 뿌리를 내리기도 하지만

바위틈을 더 좋아하는 취향이 닮았다

때론 바위에 싫증을 느낀 나머지 기와지붕이 고상하다고

본적과 주거지를 옮기는

변덕을 부리기도 한다

봄에 노랗게 꽃 피는 소나무와 달리

가을에 하얗게 꽃 피어야 직성이 풀리는 고집통,

차디찬 겨울을 견뎌내어 오히려 따뜻한 소나무

뜨거운 땡볕을 견뎌내어 오히려 시원한 바위솔

극과 극의 성격에도 불구하고

지혈제 소염제 빈혈치료제로 통하는데

항암제로 사람 마음 사로잡는 기술 하난 탁월하다

꽃 피어 열매 맺고 나면 누렇게 말라가는

숙명의 고통을 품었지만

다들 잎 떨구는 가을에 독야청청
푸른 눈빛으로 계절 위에 군림한다

일월비비추

장님이 되는 꿈을 자주 꾼다

청맹과니의 어두운 세상
공양미 삼백 석에 딸 팔아 눈 떠야 했던 심봉사 되어
허우적거리다 놀라
잠을 깬다

가슴 쓸어내리는 꿈이다

해마다 오르는 같은 산길에서 매번 마주치는
일월비비추
해와 달이 수없이 손 비비었어도
꽃 피울 줄 모르는 장님이더니
어느 날 문득 꽃이 활짝
눈을 떴다

꽃이 핀다는 건
장님이 눈 뜨는 일,
한 세상살이에서

우리가 모르는 무언가를 알게 되었다는

개안開眼이다

탁! 무릎을 치는, 깨달음이다

위태한 접신 외 2편

김원희

시인이란 호칭 성스럽고 부끄러워
시는 쓰지 않으려 했는데
운명처럼 그가 비밀을 품은 듯 찾아왔다

시와의 합궁 묘미가 일탈의 외도와 견줄까
불멸의 밤은 화려한 궁으로 변하고
세상 모든 것은 그가 되었다

시를 잉태한 만삭의 처녀
작두 타는 애기무당처럼 홀린 듯
접신의 위태함인지 위대함인지
시의 보살 내안에 들다

틈

수덕사 아름드리 대웅전 기둥
세월이 만든 나뭇결의 틈
빈 공간에 생명이 자라고 있었다

꼬물꼬물 태초의 생명인듯
매서운 북풍을 견디고 탄생한 생명체

기둥 틈을 자궁삼아 암흑의 침묵 속에서
목탁과 풍경소리만이 유일한 벗이었으리라

우주의 전부였던 작은 구멍
눈 뜨고 나가면 수 만 번 소리로만 들었던 독경
파릇한 사미승되어 해보는 날 있을까

그래서 모두 다 외어버린,
대웅전 기둥 틈 속의 작은 회색벌레

이별

한때는 그대가
꽃이었던 적 있었지
꽃은 시들고 향기는 날아가
사랑이란
잡히지도 보이지도 않는
무색의 현란한 공포

한사람의 그림자를 걷어내는 일이란
봄날의 알싸한 몸살

그가 남긴 생의 부스러기를 모아
봄 햇살에 널어 말려도 축축한 것

오늘 나의 생을 통째로 세탁해
가을볕 가장 따사로운 곳에 펼쳐놓아
바삭해질때까지 건조하려하네

선문답을 하였네 외 2편

남 청 강

봄바람에 턱을 괴고
영국사 툇마루는 묵언 삼매이고
땡초 행자는 봄볕에 졸고 있다

여인이 그리운 5월의 봄빛은
연초록 옷끈 풀어 헤친
천태산 여인을 미련스레 끌어안고
날름날름 짙은 애무에 빠진다

요사체에 팔을 뻗힌 산벚꽃
살짝 붉힌 연분홍 얼굴이
아뿔사 봄의 여인불이다
외로운 듯 외로운 듯
바람에 흔드는 눈살
헤픈가슴 열어오는
끈적 끈적 사랑의 작업이다

사시공양 땡치고
나른한 봄잠에 조는 행자

승려는 다 어디가고
홀로 앉아
어찌 염불같은 잠꼬대만
햇살 속으로 중얼대는가

산마을 노보살이 차려 놓은
아침 공양상
봄볕에 둥그레레 좌정을 하고
잃어버린 주인을 찾는다

한나절 지나도록
행자와 마주 앉은 밥상
긴 겁을 안고
선문답 한다

하얀등 걸었네

바람결에 들었는가
님의 혼백 무심결에 다가와
가슴 울렸는가
꿈결에라도 돌아오는 님 서러울까 봐
뜬 눈으로 긴긴 밤 보내는가

조국의 흙이 되어
넋마저 새하얀
외로운 님 달려 주려
저 하염없는 세월에
그리움의 하얀등
내 걸었는게다

가슴 에이는 아픔
타오르는 하얀 등불은
그리움의 고뇌이다

숯검정이 된 애끓는 긴 기다림
고혈로 녹아

초롱꽃 순정으로

가슴 울려오는 그리움

님의 모습 아롱아롱

눈가에 떠오르고

잊지 못하는 그 정성

애닲아 서러운게다

천년혼

어머니!
죽음의 색깔이 마음의 한켠으로
밀려올 때
저승을 향한 새로운 차비는
영원의 끈을 잇기 위한
어머니의 애틋한 몸짓이었습니까

그리움의 강을 앞에 두고
이승의 나루에서
꺼질 듯 꺼질 듯 살아가는 불꽃
갈 때에는 한줌의 흙으로
초연히 돌아갈 뿐이란걸
아시었습니까

정갈하게 놓아 버리려는 그 끈
억겁을 두고
어머니의 가슴에 흐르는
참된 진리입니까

고결한 꽃처럼

장롱속에 고이 잠든 안동포

피로 흐르는

천년의 혼이었습니까

영면의 길을 내고

영혼을 사라

그리워 울어대는

어머니의 애틋한 손맛이었습니까

인생 품수 외 2편

남현송

돌에 새기는 사람
하품下品

모래에 새기는 사람
중품中品

물위에 새기는 사람
상품上品

새겨도 새긴 바 없는 사람
상상품上上品

그런 사람 되어 지이다

저만치 있지만
언제나 같이 있는 사람
그런 사람 되어 지이다

무슨 말을 해도
다 들어주는 사람
그런 사람 되어 지이다

말은 없어도
눈빛으로 말해주는 사람
그런 사람 되어 지이다

속으로 울지만
미소 짓는 사람
그런 사람 되어 지이다

매일은 볼 수 없지만
눈감으면 떠오르는 사람
그런 사람 되어 지이다

사바세계

청산은 좋아도
골짜기마다
슬픈
메아리가 치는 곳

달빛은 좋아도
꽃마다
외로운
그림자가 지는 곳

그래서
가슴이
아픈 곳

세월 외 2편

문 혜 관

백련사 숲길에
백발이 성성한 노승이
포행하는 것을 보아왔는데

어느 날
숲길 계곡을 걷다
맑은 시냇물에
내 얼굴이 비치는 것을 보았다

희끗희끗한 머리카락
나도 어디쯤 왔나보다

호현이

호현이가 절에 온 지 벌써
두 해가 지났다
부모와 네 살 때 이별했다

호현이는 엄마란 이름 대신
모든 여자분들을 이모라고 부른다

석양 노을이 사라질쯤이면
다른 아이들은 엄마 찾아
집으로 가건만 호현이는
공양주 할머니가 있는 절로 온다

엄마가 그리울 때가 있을까
젊은 신도들이 오면 이모 이모
정들게 부른다

그렇게 정들고 정들다 보니
잘해주다 집에 간다면 따라나선다
못 따라가게 붙들면

설움 섞인 울음 운다

소리꾼 장사익 정선 아리랑 보다
더 애절하게 불러댄다
이~모~이~모~

이렇게 서러운 가락을
엄마는 듣고 있는지

선문답

그대 행자!
가만히 앉아 무얼 하는가?

선사님!
도道를 닦고 있습니다

그래?

선사님!
경부고속도로보다 더 길게 더 넓게
교통체증 없이 시원스레 뚫으려고 합니다

그대 행자!
도道란 앉아 있다고 뚫어지는가?

선사님!
고속도로 뚫는데 국회의원 장관이
삽자루 들고 나온 줄 아십니까?

허허, 또 미친놈

달걀 하나 낳겠군.

어항 속 제브라 외 2편

박 성 희

통유리 창가에 앉아
제브라를 본다
으밀아밀 내게도 물방울 따라
올라가고 싶은 말 있었다
창밖을 향해 피어나고 싶은 말 있었다
수면에 닿는 순간 터져버리는 물방울처럼
나의 언어도 허방에 흩어지는
물방울 같은 것일까
볕 좋은 날 유리벽에 끼어 있는
이끼를 뜯기 위해 모여드는 제브라,
유리벽에 입 맞추며 논다
벽을 사랑하기 시작하면서부터
사는 법을 익혀가는 제브라,
숨찬 말들이 방울방울 창문을 두드린다
창밖엔 햇살이 쏟아지는데
각질처럼 비늘이 일어난다
허리가 굽기 시작한다
나의 잃어버린 말들처럼
살아온 길들을 다 잃어버렸는지

어항 속 수초에 안겨 있다

물방울꽃 하나가

수면 위에서 피어난다

벼룩에 대하여

작은 몸뚱어리 어디에 그토록 많은 피를 뽑아 올리는 위력이 숨어 있는지 흡혈귀보다 더 강한 흡반을 가지고 있는 녀석의 입을 보면 나는 괜히 등줄기부터 간지러워진다 아무리 먹어치워도 곧바로 배가 고파오는 세상에서 제 몸통보다 더 많은 피를 하루 저녁 양식으로 빨아들이는 녀석의 볼록한 몸통 앞에 인간은 참으로 가소로운 존재다 피로 가득한 비만의 몸통을 뒤뚱거리며 제 키보다 몇 배나 더 높은 공중을 수직 상승하는 모습을 볼 때마다 나는 누구의 누구에 의한 누구를 위한 양식인지도 모른 채 날마다 날뛰는 몸통을 생각해 본다 그러나 나에겐 벼룩의 날카로운 침에 대항할 힘이 없다 탄력 좋은 인간의 다리에 대항할 유전자는 더욱 없다

뛰어봤자 벼룩 같은 세상, 나는 또 다시 등줄기부터 간지러워지는 것이다

파트타임

　수많은 조각들이 진열된 마트의 구석, 볼록렌즈에 사람들의 전신이 들어오지만 나에겐 감자깡이나 고구마깡처럼 마트를 채우는 조각으로 보인다 여기선 모두가 거대한 마트를 채우는 조각일 뿐, 권태로운 시간에 퍼지는 빵 냄새는 종교보다 강렬하다 나는 냄새 속으로 빨려들어 막 나온 치즈 케익 블루베리 베이글에 에그 샌드위치로 배를 채운다 팽팽해진 배를 만지며 구석 한켠 블루베리 나무가 자라는 숲을 꿈꾸기도 한다 조각들이 판치는 세상, 전체는 구겨진 신문지 조각처럼 남루하다 가슴 한가운데 뜨거운 심장쯤이야 잠시 꺼두어도 좋다 여기는 심장 뛰는 소리보다 시계 바늘 소리가 더 빛난다 쭈글쭈글 정직해진 토마토 조각들이 팔려나간다

　싱싱한 것은 타협을 모르고 더 힘 센 조각이 되어 하늘을 밀어낸다 하늘이 조각나고 있다

샘터에서 외 2편

박 향

한 모금 샘물을 마시면
너에게서는 모랫바람 사나운 사막을 건너는
낙타의 울음이 들린다

한 모금 샘물을 마시면
너에게서는 아름드리 밀림 속
껌츄리의 옷 벗는 모습이 보인다

한 모금 샘물을 마시면
너에게서는 거센 바람에 펄럭이는
룽따의 염원소리가 맥박 되어 뛴다

한 모금 샘물을 마시면
너에게서는 발칸을 지나온
크로아티아의 맑고 조용한 숨소리가 폐부를 찌른다

한 모금 샘물을 마시면
너에서는 민족의 아우성이
작은 들꽃으로 피어나는 백두산 천지의 꽃향기가 풍겨난다

한 모금 샘물을 마시면

머나 먼 길을 지나 샘으로 솟아 오른 짙은 그리움이

내 가슴을 돌아 돌아 흐른다

앙코르와트에서

밀림의 숲 비집고 들어오는
아름드리나무 기둥처럼 굵은 햇살

조상의 혼불을 잃어버린 채
뛰어 놀고 있는 검은 맨발의 아이들

나를 에워싸고 원 딸라를 외친다
노트 몇 권과 연필 몇 자루를 흔들며 뛰어가는 등 뒤로
초콜릿과 츄잉 껌을 주워 먹던 내 그림자가 따라간다

그릇 몇 개에 포대기 두엇
서너 벌 옷 이 걸려있는 원주민 집
마당에 빗자루 무늬를 그려놓고 기다리고 있던
사계절이 없기에 정갈한 초막 집

예쁘게 포장된 자만自慢 하나를 놓고 돌아 선
순한 웃음의 여인 앞에서
행복지수를 구걸하고 싶어진
앙코르와트

뭉크의 절규

외쳐도
두드려도
들리지 않는
유리벽 저쪽

알 수 없다

저쪽이 감옥인지
이쪽이 감옥인지.

서리산 잣송이 외 2편

석 전

산을 감싼 유성이
불기고개로 사라지면

별빛에 부딪히는
작은 떨림에도

백설기 같은 속살을
송이 눈에 감추고
시린 발등을 내민다.

눈이 큰 잣송이는
잠이 든 장승을 일으키고

눈이 작은 잔별들이
뒤를 따라 깨어날 때

잣송이가 후드득
별똥 되어 떨어진다.

바름을 태운다

산사의 굴뚝 높이만큼
도량에 피워지는 향 그림자

아궁이 숯불에
밤을 굽는 어린 행자처럼
공양간 주변을 서성거렸지.

바라지 열리우고
부지깽이로
불씨를 뒤적일 때 마다

큰스님은 가마솥 위에
들기름을 바르고
또 바르셨지.

불꽃이 아궁이에서
바름[正]을 태우는 찰나
굴뚝은 환하게
불종자佛種子를 품어내고 있네.

삼족오

눈비 내리자
서걱거리는 발목을
광화문에 내려놓고

비구의 서원
손가락 마디에
철발우 하나 채워
소신하신 정원 큰스님.

눈바람 불어오면
촛불을 지키는 수호신처럼

걸망을 메고
돌아온 까마귀들이
광장 위로 날아오른다.

몽상가의 턱 외 2편

오 현 정

잠 없는 몽상가들은 얼굴 중앙에서 아래쪽까지
이어지는 부분에 손을 괴고
오늘밤도 그럴 턱이 있나
주억거리던 생각을 발음하다 턱이 빠질 때쯤
한 턱 낼 일, 터트리지

김수영의 거침없는 기개의 턱은 풀을 일으키고
아고리*의 섹시한 턱은 불멸의 그림을
머라이어 캐리**의 귀여운 턱은 오만대신 사랑을
빨간 바지 복부인의 주걱턱은 파란 집으로 데려갔던 턱
한 턱 내도 아깝지 않은 턱이지

나의 아래 위 턱 긴 곡선을 도려내며
아들 취직했을 때 한 턱
딸 얻었을 때 두 턱, 붉은 포도주를 마시고
브이라인이 되는 동안 귀밑 사각턱부터 옆 턱까지
흘린 피는 가슴에 검은 주름을 만들었지

레드카펫의 문턱에는 몽상가의 삶이 턱을 괴고 사유중이지

버릇과 인상을 턱이 빠져라 하초에 힘을 주고 씹을수록 열리지 않는 궁

꿈꾸는 자의 턱살을 만지려 훗날의 맥을 짚었지

기둥을 세우려 동시교정에 들어간 문리의 턱뼈

턱tuck 잡힌 날렵한 턱시도 언제 입을지

* 이중섭의 발달된 긴 턱을 일본사람들이 붙여준 별명. 아고(턱)+리李의 뜻.
** Mariah Carey(1970~) : Hero, Emotion 등 세계적으로 사랑받는 히트곡을 부른
   미국 팝계의 디바.

속리俗離의 아침

　바람에 맡긴 몸이 시간 밖에서 물결진다. 이슬 맺힌 보리수는 돌아서기 아쉬운 저녁 눈동자에 잎눈을 넣고 나란히 걷는다. 구름 속 마지막 붉은 너울이 바위에 걸려 있다. 애끓는 내력을 보듬고 저물녘 연기는 고단한 발을 세심정에 풀어놓고 등짐 무거운 마음을 넘는다.

　살아야 하고, 살아내야 할 소나무 한 쌍, 회오리바람을 감아 안는다. 팔베개로 눈 뜨는 내생의 아침을 위해 짙어지는 이파리에 애잔한 달무늬를 띄운다. 속리俗離의 심장이 해를 품고 억 만 광년을 통과 중이다.

불멸의 종이밥

소크라테스가 갇혔던 동굴감옥, 창살 사이로 신념은 죄목의 손을 높이 들고 독배를 마셨다. 아테네의 악법을 지킨 철학자는 책 속에서 불멸이 되었고,

책을 씹어 먹던 어릴 때 옆집 아재도 아직 살아있다. 책장을 넘길 때 생각나는 걸 보면 살을 다 털어내고 뼈로만 죽은 그 아재도 무슨 사상가였나 싶다.

"공부를 너무 많이 해서 머릿속이 엉켰대."

사람들은 그를 '미쳐도 단단히 미쳤네! 물과 소금, 책이 밥이네, 차라리 빨리 굶어죽는 게 여러 사람 도와주는 거야, 아무 것도 주지 말라'며 서로서로 당부했다.

어느 날 내가 몰래 사과 한 알을 넣어주자 헝클어진 머리칼 사이로 섬광처럼 반짝하던 그 눈빛, 마치 크산티페를 넘어 가야할 길이 있는 듯 심오하고 섬뜩했다.

썩어가는 사과대신 종이 밥을 빚다 그들은 어디로 갔을까?

한 글자씩 찢어 삼킨 쌀알이 검은 세상 허기진 이들에게 하얀 이밥으로 오려고 아궁이 불 지키러 간 걸까?

"죽는 것도 천복이야, 다음 세상엔 부니 배부른 무지렁이로 오소."

종이 먹는 짐승을 구경하던 사람들이 성자聖子처럼 중얼거리며 돌아섰다. 스스로 신神이 된 광인들은 무저항無底坑에서도 행복한지, 쇠창살을

뚫은 햇빛이 반사되어 내 심중心中이 뜨겁다.

사람들은 자신을 우리에 가둔 채 구경만 하다, 어딘지도 모르고 또, 우루루루 몰려간다.

번호판 없는 고라니 외 2편

오 형 근

깜깜밤중
고속도로, 길 잃은 한 마리의
고라니가 달린다
두 동강난
산기슭에서 떨어진
고라니에게는
질긴 타이어가 없다
지칠 줄 모르는 엔진도 없다
놀란 가슴만 있는
고라니의 숨결은
점점 빨갛게 달아오르고
눈에서는
점점 눈물이 맺히는데
건너편 차선에서 사납게 달려오는
자동차의 불빛에
고라니의 몸뚱이
나타났다 사라지기를 몇 번,
고라니에게는
질긴 타이어가 없다

지칠 줄 모르는 엔진도 없다

자동차처럼

좌우측 깜박이도 없다

이제는

고라니의 발가락과 발가락

사이에 끼어 있던,

엄마와 형제의 오줌 냄새가 스며 있는

달콤한 흙마저 떨어져 나갔다

고라니의 뒤에서

자동차가 냅다 덮친다 사람의

비명 소리가

칼날을 펴고 화들짝 날아올랐지만

자동차처럼 반호판 없어서,

나동그라진 고라니가

어떤 고라니인지 알 수 없었다

아귀에 대하여

아귀가 맞지 않는다고
주먹 쥘 일 아니다
거슬러 오르는 열목어의 열 받은 눈을
식혀 주는 것은 찬물이듯이

주먹 쥐지 않는 대신
엄지손가락과 다른 네 손가락 사이를
신선한 바람이 지나가도록 활짝 벌릴 일이다

손아귀 넣으려고 하면
땀 난다
열 받는다
그러다가 정말 아귀 된다

한참을 주먹 쥐고 있으면
밥 먹지도 못한다
악수도 못한다
문 열지도 못한다

아귀가 맞지 않는다고
아귀다툼 벌이지 말고
손아귀 넣으려고도 하지 말며

땅바닥도 가끔은 내려다보면서
살 일이다

네 곁에서, 뜬눈으로

너의 잠꼬대의 의미를 이제는 알 듯하다 너의
잠자는 얼굴에서
지난 세월의 꺼칠하고 마른 달력을 넘기면
보푸라기처럼 일어나는 상처들
연이은 세월의 사나운 이빨에
딱지가 생길 겨를도 없었지
한때, 너의 얼굴에 뜨거운
입김으로 사랑의 지도를 그린 적도
있었지만, 그때마다 나는
쥐뿔도 아닌 자의식에 눌려
금방 등을 돌렸었다
그러나
너와 내가 함께 한 생활을 되돌아보면
모든 그림자가 단색이듯이,
아직 가슴속 한쪽에 거미줄로 남아 있는 아픔과
순간의 즐거움도 이제는
모두 옛일, 오히려 그것들이
여기까지 오는 데 징검다리였다며
서로의 눈망울에
연민의 따뜻한 눈물을 담으려는

삶의 반려자가 어느덧 되었구나

너의 잠꼬대의 의미를 이제는 알 듯하다 너의
잠자는 얼굴에서,
잠꼬대를 따라가다 보면 만나는
삶의 슬픈 얼룩들

봄 햇살 외 2편

우 정 연

햇볕이 수직으로 내려오다

굴참나무 가지에 앉아 졸음과 밀고 당기는 중

직박구리

울어쌓는 소리에 놀라 부챗살처럼

좌악 퍼진다

빈자일등

허리가 반쯤 굽어 윤기 없는
육순의 남자가
꼬깃꼬깃한 만원 지폐를 꺼내더니
굽은 등을 더 수그리면서
등을 켜주세요

또박또박 써 내려간 글에
자식도 마누라도 없는데 두 살, 세 살 터울의
동생들을 내리 다섯 적습니다
비지땀을 흘리며 정성껏 써 내려갑니다

빈녀 난타*의 두 손바닥처럼
공손한 그에게
든든한 힘이 생겼습니다

* 현우경에 나오는 석가모니 부처님께 등 공양을 올린 여인

흔적 2

흔적이 사라집니다
살아서 죽었고 죽어서 흔적이었던
그들이 조금씩 나눠집니다
물속으로 땅속으로 햇살 속으로
스며들듯 사라진 그들이
어느 순간 꽃이 되기도 합니다
흔적은 사라진 게 아닙니다 흩어진 듯
또 한순간 오묘한 빛이 되기도 합니다
애써 머물려 하지 않는 그들은
물 흐르듯 다시 이어 갑니다
그렇게 섞이고 섞인 흔적이 새 생명을
잉태합니다
이슬 받으며 별빛 받으며 바람 사이로
태어납니다
흔적은 또 다른 흔석이 되기 위하여
한 걸음씩 물러서 있을 뿐입니다
나도 한때는
누군가의 흔적이었습니다

공중전화가 있던 풍경 외 2편

유 병 란

누군가 올려놓고 간 빈 종이컵이
공중전화부스위에서 나뒹굴고 있다

이제는 핸드폰에 밀려 무용지물이 되어가고 있는 공중전화
뽀얗게 쌓여가는 먼지만큼
사람들의 추억도 잊혀져가고 있다

내 젊은 날
십원짜리 동전 한 웅큼을 손에 쥐고
동전 떨어지는 소리를 들으며
그리운 이의 목소리를 듣던 그때가 생각난다

내 등 뒤에 길게 줄을 선 사람들 눈치에
아쉽게 수화기를 내려놓고 돌아서면
축 처진 어깨위로 조용히 따라오던 달그림자

좁은 골목길을 돌아
대광슈퍼 옆 벽에 붙어있던 주황색 공중전화에서
오래전 그대에게 다이얼을 돌리고 싶다

붕어빵 굽는 남자

골목길 돌담 벽에 리어카를 부려놓은 왜소한 남자가
붕어빵을 굽고 있다

해는 뉘엿뉘엿 지고 있는데
수북이 쌓여가고 있는 붕어빵
손님을 기다리고 있는 그의 얼굴이
붕어빵처럼 굳어간다

깊게 패인 주름과 수심 가득한 얼굴에서
지난날을 짐작해 보지만
아무도 왜소한 남자의 이력을 알지 못한다

좁은 골목길을 사이에 두고
뜨거운 불길에서 바다를 건져 올리고 있는 두 어깨가
마른 갈대가 되어간다

땅거미가 지워지고 있는 저녁
붕어빵 한 봉지를 담아주며 희미하게 웃는 얼굴이
나무껍질처럼 갈라져 있다

돋보기안경

새것이 귀하던 그 시절
하루 종일 밖에서 뛰놀다 들어오면
옷도 양말도 신발까지도 구멍이 뚫려 있곤 했다

이런 우리 남매들을 바라보며 혀를 차시던 할머니
이내 돋보기안경을 꺼내 쓰고 바느질을 시작하셨다

빨강 양말에 노란색 천을 덧대어
전혀 다른 양말을 만들기도 하셨고
무릎이 해진 바지는
언니가 입다 작아진 소매 단을 잘라
얼룩무늬 바지를 만들어 주시기도 했다

옷도 양말도 흔하게 넘쳐나는 요즘
이제는 아무도 이런 것들을 꿰매 입지 않는다

이제 나도 돋보기안경이 필요한 나이
오래전 할머니가 돋보기안경을 코에 걸치고 바느질하듯
나도 돋보기안경을 쓰고 창가에 앉아

시집을 읽는다

할머니 손길처럼 따사로운 햇살을 어깨에 얹고서

민들레꽃 외 2편

유 준 화

갑사 철당간지주를 함께 보다가
시누대가 도열하여 고개 숙인 돌계단을 오른다
서너 계단 앞에 오르고 있는 그의 머리 위로
범종 모양의 하늘에서 종 소리가 들린다
두어 계단 더 오르면 대적선원 치미가 보이고
두어 계단 더 오르면 법당의 부처님이 보이고
두어 계단 더 오르면 부도탑이 보이고
범종소리 흐르는 선원 마당
눈부신 봄빛
백년 묵은 배롱나무 꽃그늘 옆
노랑나비처럼 날아오르고 싶어
작은 들꽃으로 피어 있는
비구니 스님 같은 너

○ 을 그리다

한때는 조약돌에 앉은 이슬이다가
한때는 강변에 핀 들꽃이었다가
물고기로. 들고양이로. 감나무에 까치로 왔다가
정원에 핀 살구꽃으로 왔다가
계룡산을 넘나드는 구름이 되었다가
이곳저곳 떠돌다 이슬비로 내려와서
○속에 그린 그림이 ○이 었던가
나뭇잎에 머물다 강물에 뚝 떨어진 물방울
던져 버리기 아쉬웠던가
수면에서 작은 왕관을 쓰다 버린다
○ ○ ○ 물 위에서
작은 사내 하나가 ○을 그리고 놀다가
우주로 갔다

오랜만에 현몽하신 아버지

북가섭 암에서

스님은 바랑을 메고 하산하고
텅 빈 절집 마루 기둥에
목탁하나 덩그마니 걸려있다

흰 구름 따라
솔바람 한무리가 절 마당에 와서
걸어놓은 목탁을 살며시 치고 간다

나리꽃에 취한 노랑나비
잡았던 꽃잎을 흔들어 놓고
산문 아래로 스님 찾아 떠난 뒤

수백년 묵은 사철나무 한 구루가
돌탑에 기대어 좁다란 산길을 본다
돌담장에 기대서서 하늘을 본다

누구는 곶감 같은 암자라 했던가
깊은 산은 살랑살랑 법의를 흔들고
절집 마루에 구름 그림자 쉬어가고 있다

* 마곡사 뒤 암자 (빈 암자)

참외 외 2편

이 경 숙

1.
'풋'이라는 언어와 '설익었다'라는 꼬리표를
떼어 버린 지 이미 오래 전
뙤약볕 한 올 한 올 몸속에 박고
그대의 손길 한 땀 한 땀 속살이 되어
둥근 몸 황금빛으로 부풀어 오르면
뜨겁게 솟구치며 밀어 올리는 것
큼큼한 단내 솔솔 피어오르고
덩굴 속 얼굴 붉힌다

2.
아무렇게나 굴러다니는 개똥밭의 참외
마굿간의 송아지 얼굴 돌린다
여기 저기 흩어져 있는 초췌한 모습

속을 박박 긁어 초가을 햇살에 말리면 쪼글쪼글
해묵은 된장에 박고 고추장에 쟁여둔다
팔팔 끓는 간장 붓고
오랫동안 숙성되고 여물어지면

꼬들꼬들 얄미운 장아찌
어머니의 어머니 그 어머니의 어머니가 귀에 넣어 준
오래된 살림의 지혜

1001번째 종이학

백짓장 보다 더 하얀 얼굴인
소녀는 하루 한 마리씩 종이학을 접는다
1000마리의 학을 접으면
꿈이 이루어진다는 말에
야윈 손으로 꼭꼭 눌러 접으면
금방이라도 날아갈 것 같은 학이 된다
병상 꽃바구니에 수북히 쌓이고
소녀는 마냥 행복했다

가슴 아파 콜록거리고 신열로
옴 몸이 땀으로 흠뻑 젖은 밤
소녀는 꿈을 꾸었다

1000마리의 학이 금빛 햇싸라기
헤치며 날아가고
연보라 고깔모자 분홍 드레스
소녀는 햇살방석을 타고
푸른 하늘 구름 속으로
훌훌 날아간다

소녀의 생일

아비는 하늘을 바라보며 손을 흔든다

손끝에 울음이 묻어 있다

모정慕情

어디선가 날아온 새 두 마리 옥상위에 둥지를 틀었다
새들의 부리는 참 바쁘다
화분에 떨구어진 들깨를 쪼아 먹고
스티로폴 박스 안에서 동면하는 애벌레 찾는다

나른한 오후가 되면
몸을 부비고 부리를 맞추며 격하게 사랑을 나눈다
이따금 아래층 소년은 모이를 한웅 큼 씩 들고와
바닥에 뿌려준다
왕성한 식욕으로 순식간에 먹어치우고 양지바른 곳에서
한가로이 졸고 있다

동지가 지나고 새 한 마리 보이지 않는다
홀로 남겨진 새는
그저 멍하니 빈 하늘만 바라 본다
소년은 여전히 모이를 바닥에 흩뿌리고 내려간다
소복하게 쌓여간다

빨랫줄에 널린 흰 수건이 만장대 모양 바람에 펄럭인다

늙은 감나무 외 2편

이 남 섭

마당 가 늙은 감나무
아직 흔들리지 않는 그늘 있다.
마을 사람들은 시야를 가린다며
마지막 감나무 베어버리란다.

어린 감나무 심어놓고
정성을 모으시던 할아버지
설 자리 점점 잃어 간다.

빈집은 늘어도
바람은 아직도 흩날리는 감꽃 걱정
햇볕이 늙은 감나무 먹여 살리고 있다.

내리사랑

세상에 온 지 칠 개월
겨우 뒤집기 하는 다혜, 도현이
하이파이브하면 번쩍번쩍
고사리 같은 손바닥 들어 올린다.

세상은 어지러워지는데
때 묻지 않은 저 어여쁜 손
어찌하여야 지켜줄 수 있을까?

내 새끼 비로소 어미 되니
제 새끼 똥도 손으로 받아내는
숙명의 기쁨, 내리사랑

설날 아침

설날 차례 상 아침
미소 짓는 어머니 영정 앞에
가슴이 찔렸다.

생전에 불효한 죄
아무래도 심판을
받아야 될 것 같다.

먼 길 떠나신 날
"부처님 잠 주무신 것 같다"는
의사 선생님 말씀 떠올리며
강신 잔을 올리며 무릎을 꿇는다.

그림자 사랑 외 2편

이문형

빛이 있으라 했다
그 빛남 속에 존재하는 누구나
그림자 하나씩 갖고 있다

오늘 당신의 그림자가 녹색이었다가
내일 붉은 색으로 변한다면
너나없이 보호색을 만들 수 있다면
분별없는 세상 너무 어지럽겠다
거리를 활보하면서 어느 날 지상에서
투명그림자로 홀연히 사라질 수도 있겠다
살아온 삶이 형형색색 그림자로 새겨진다면
아 살아온 세월보다 더 슬픈 일 아닌가

빛이 있는 곳에서 모든 그림자는
무채색으로 평등하다
당신과 내가 꽃과 나무와 새와 짐승들이
저마다 따로 또 같이 부대끼는 제 세상에서 유일하게
모든 경계 사라지고 하나가 되는 그늘

가사어袈裟魚

지리산 내림 물로 한 겹 더 두른 세상
켜켜이 쌓인 소나무 숲 물그림자로 집을 짓고
생의 비늘을 벗기 위해 한 세상 눈을 뜨고 산다
흔들림 없이 채웠다가 다시 비워내는 일이라
적멸의 옷을 두르고 오늘도 묵언정진 중이다
쉿, 모두가 제자리로 돌아가는 시간
물속에 뼈 하나 세우고 있다

증언
― 위안부 할머니

세상을 위해
어둠을 어둠으로 드러내려면
먼저 나를 죽여야 한다
절망을 다시 산다는 것은
죽음에 이르는 기억이다
몇 번의 혼절 뒤에
내가 나를 딛고 서서
지옥의 터널을 빠져나와야 가능한 일이다

저 질기고 독한
어둠을 이기는 길이다

자신을 죽이고
세상을 밝히는 등신불

우리들의 어 머 니

나비달마 외 2편

이 석 정

태풍이 지나 간 새벽
문 앞에 날아 온 달마도 한 점
금란가사 입은 나비다

쓰레기를 뒤집어썼으나 달마다
얼핏 보아 잘생긴 얼굴이
나비와 호랑이,
흙과 사람을 섞어놓은 듯하다

처음 손에 만져 본 달마도
먼 길 돌아 나를 찾아온 손님인가?

젖은 먼지를 털고 말리니
볼수록 잘 차려입은
금나비달마다

달봉지

밤중에 쓰레기봉지를 들고 나갔다
어둠속에 쓰레기를 놓고 보니
내 머릿속에서 쏟아져 나온 것들 같다

검은 비닐에 이리저리 끌고 다녔던
찌그러지고 맥 빠진 것들은
좋든 싫든 내 손에 쥐어진 것들이다

쓰레기를 놓아버린 빈손은
마치 빈 봉지와도 같다
내가 가져본 봉지는
손가락이 가리킨 달이다

엷은 비닐 막을 벗기니 빈손이다
내가 가져보지 못한 것은
내가 버릴 수 없는
손가락 가르침이다

집 찾기

아침에 집을 나가 길을 잃어도
저녁에 돌아오면
길을 잃은 것이 아니라는 말 맞아요

사람은 가끔 길을 잃죠, 사람의 일이라
허물은 아니에요
그러니 걱정 마세요
사람이 궤도를 달리는 기차도 비행기도 아니잖아요
이곳저곳 구경하는 시냇물은 알지요

이러쿵 저러쿵 따질 필요 있나요
어머니는 길을 잃은 게 아니에요.

무애무 추는 원효 외 2편
— 소성거사*의 노래

이승하

사람들아
춤추면 몸이 활개치고
마음이 날개 단다
아무 거리낌 없이
날고 싶은 곳을 향해 나는 저 새처럼
날아보자 사람들아
사시사철 어찌 일만 하며 살 수 있나
일만 하며 살다가는 죽어서
일개미로 태어날 걸 일벌로 태어날 걸

나 중 아니네
문천교 다리 아래 몸 던졌을 때
나 이미 파계한 걸세
아니, 그 훨씬 이전
요석공주가 내게 장삼 한 벌 선물했을 때
나 선물 받고 너무 좋아, 몸이 달아서……
중생을 구하는 것이 중이거늘
나 그날부로 비승비속, 중 아니네

공주는 내게 마음을 바쳤지 몸을 주었지
여자의 몸을 안다는 것은 고기 맛을 안다는 것
나 불·법·승 다 깨뜨렸으니
백 번을 죽어도 사람으로는 못 태어날 걸
욕정에 눈이 멀어 나를 못 지켰는데
무얼 깨우치랴 무얼 가르치랴
중 아니니 나 이제 머리 기르리
나를 애비로 하여 태어난 자식에게
무얼 말하랴 나 이제 장삼 벗으리

사람들아 춤추자 나랑 같이
살아 있기에 춤출 수 있잖은가
살아 있기에 뉘우칠 수 있잖은가
내 죄는 저 하늘 번개 치게 하지만
살아 있기에 이 두 팔 두 다리로
춤추는 거란다 일자무식 저잣거리 사람들아
부처를 알며 아는 대로 모르면 모르는 대로
아무 거리낌 없이 춰보자구
한데 어울려 대화엄의 춤을

* 원효는 요석공주와의 사이에 설총을 낳은 뒤 소성거사小性居土로 변성명, 머리를 기르고 누더기를 입고 전국을 떠돌았다. 이때 대중 앞에서 춘 춤이 무애무無㝵舞다.

광대를 찾아서 5
— 원효(617 ~ 686)

파계하였소 내겐 이제
뇌성벽력의 들판을 가로질러
이승과 저승이 갈리는 강까지 가서
저 너울처럼 덩실덩실 두둥실
춤추는 일밖에 남지 않았소

승복을 벗고 목탁도 버리고
저 자라고 싶은 대로 놔둔
머리카락과 수염 어느새 백발
쪽박 찬 저 거지들보다 내가
나은 것이 도대체 무엇이겠소
공양을 받으며 만인을 내려다보며
내 두드린 목탁은 순 거짓이었소

첩첩 산골 암자에서 구한 것들이
저 저잣거리 사람 사는 마을의 장터에서
다 팔고 있었소 불佛은 무엇이며
법法과 승僧은 또 무엇이겠소
나 이제 저 사람들 앞에서

가진 그대로 있는 그대로
노래하고 춤추려 하오

두 소매 휘두르며 번뇌를 내몰고
껑충껑충 뛰며 경계를 넘어서
온 세상 떠돌아다니며 노는 광대처럼
나 이제부터 자유롭게 살려고 하오
우리 누구나 밥그릇 들고 살다
밥그릇 놓으면 생도 그만인 것을

나 이참에 끊을 것 죄다 끊고
아무 거리낌 없이 노래하고 춤추며
사람으로 살려고 하오…… 요석공주여

원효의 말
— 요석공주에게

난생 처음 그대 혀 맛본 날을 기억하네. 내 혀끝으로 빨려 들어오는 무애無碍의 강렬한 환희를 기억하네. 그때 나는 갈대 구멍으로 하늘을 보고 있었다네.

어느 봄날, 내 춘심을 어쩌지 못해 노래 부르며 거리를 돌아다녔다네. 자루 없는 도끼를 찾아 다리 아래로 풍덩 몸을 던졌을 때, 그대 내 잿빛 옷 거두어주었지. 내 젖은 몸 덮어주었지. 따뜻이 덥혀주었지.

많은 날, 내 불 꺼진 혼 머무를 곳 없어 먼 나라로 가 유식론唯識論을 배우려 했었다네. 心生則種種法生, 토굴에서 마신 물이, 心滅則種種法滅, 해골바가지에 담긴 빗물이었으니…… 세상에 꽉 찬 고통을 더는 법을 공주여, 아시는가. 남의 손가락질에 싱긋이 웃는 법을. 웃지 않고 자신의 길 위에 엎드리는 법을.

이 무슨 조화인가. 예기치 않았던 순간에 온전히 몸 바치는 기쁨, 그 기막힘. 그대 내 캄캄한 혼의 쪽문을 열고 들어와, 마음을 가라앉히고 내 눈을 보시어요. 자유를 비치는 거울을 보시어요.

나는 보았다네, 연꽃 열고 눈뜨는 새 생명의 아침을. 비로소 내 혼 깊

이 화안히 불이 켜지고 뒤엉킨 만상萬象이 움직임을 멈추었다네. 그때
까지 나는 콩과 보리를 구별하지 못했었지, 아마?

꽃요일의 죽비 외 2편
— '신의 사랑을 위하여'*를 보면서

이 아 영

나는 올봄 데미안 허스트의
웃고 있는 해골에 몸살 통을 앓고 있다
오패산에 개나리 진달래 라일락이 손짓하고
만개한 벚꽃이 눈꽃처럼 흩날리는데

천만 가지 생각을 죽어서도 떨치지 못한 두개골은
오욕五慾의 덩어리 8601개의 다이아몬드로 장식해놓고
찬란하게 죽었다. 그럼에도 불구하고 웃고 있다
죽은 자를 살려놓아
진즉에 940억 원에 팔릴 줄을 누가 알았을까

살아있음의 무상함을
죽비로 내리치는 날
옷가게에 진열된
해골무늬로 디자인한 티셔츠와 모자가
내 눈을 번쩍 뜨이게 만든다

골고다 언덕의 쿠트나 호라 해골성당
십자가 촛대 오, 사만 명의 뼈

티벳의 깨달은 자의 해골그릇

원효선사가 해골에 고인 빗물을 마시고
당나라 유학을 포기 한 걸
이제야 조금은 알 것 같다

* 영국의 설치미술가 데미안 허스트의 해골에 다이아몬드를 장식한 작품 제목

못

못이란 글자는 아무데도 못 가요

못은 한 번 박으면 움직이지 못 하지요

움직이면 굽어서 못 쓰잖아요

못이란 연못이지요.

흐르지 못 하는 물이잖아요

또 못 자字가 들어갔네요.

연못 속엔 연꽃이 탁한 물을 정화시켜주지요

못이란 못 할 일이 없다니까요

못 할 일이 있다는 말도 되지요

못비가 오면 못밥을 먹을 수 있거든요

못이란 다 못하는 게 아니에요

아무데나 못 박으면 안 되지요

편자에나 못을 박지 식도에까지 못을 박다니

참치횟집에서 참치눈물 술을 마셔본 사람은 알아요.

딱 한 모금이 목에 걸려 못 넘어가거든요

못이란 뭐든지 자유자재하는 힘을 갖고 있다니까요

개심사開心寺

상왕산 자락 고즈넉이 자리 잡은
예스러운 심검당尋檢堂 배흘림기둥 품어보네
윤장대輪藏臺 돌리듯
한 바퀴 돌고 나온 뒤
연못에 떠 있는 배롱나무 꽃송이들

알 수 없네 알 수 없네
광속보다 빠르게
멱라수에 몸을 던진 굴원*이 보이는지
그것은 물고기 밥이 아니지
댓잎에 싸서 던진 찰밥도 아니지

어느 겨울 휴휴암 거북바위에 서서
처얼썩 처얼썩 거센 파도소리 들으며
물속에 누워있는 관음보살을 찾았시만
열지 못한 마음의 빗장이었을까
부처의 발바닥만 보고 왔다네

늦가을 붉게 물든 저물녘 지금

그간 담금질해오던 닫히지 않은 문을

개심사 도량道場에 쉼표 하나 찍고

화들짝 문고리 잡아 당겼네

* 춘추전국시대(기원전 343년~기원전 278년)초나라 충신이며 중국 최초의 시인. 이
  소와 어부사 등이 있음.

태풍이라고 한다 외 2편

이 진 해

방파제를 제 이마빡으로 들이받는
파도의 피는 난삽하다
몸속에 숨겨둔 붉은 피는 차마 드러내지 않는다
바위가 입을 다물지
거침없이 달리던 차車들쯤이야
한방이면 끝장나는 거지
거침없이 내뱉는 거품 바글거리는 말 말 말
조작하는 댓글 한방이면
아가리를 굳게 틀어막는 거야
전선에 엉겨 붙은 토씨들은
화르르 사르르 폭죽처럼 축축 떨어지지
토끼의 뿔은 어디로 갔나
불꽃이 화르르 사르르 타오른다
꽃무릇이 꽃대를 남기고
배롱나무는 누군가 발라먹고
가지는 가시처럼 뾰족하다
거북이의 털은 어디로 갔나
애초부터 없었던기라
저렇게 빈 꽃대, 빈 가지만 있었다

풍문으로 떠도는 말을 눈으로 보는
태풍은 태풍만이 아니다
세상 하나는 기우뚱 옆으로 눕는다

적요

꽃들이 나비처럼

혹은 빈 껍데기처럼

땅위로 떨어진다

아무도 모르고 알려고도 않는다

떨어지는 꽃

나비 같으니까

빈 껍데기 같으니까

고요함을 조금 더 옆구리에 찬

적요寂寥같은 이기심

작약이 발그레하다

꽃의 그림자에 드리우는 허공의 문장

나비가 밑줄을 긋고

꽃들은 모서리의 각을 숨긴다

바다를 보고 컹컹대는 문장의 꼬리는

제 꼬리를 문다

케잌위 촛불을 끈다

너무 많은 촛불이 엉겨 붙은

-생일 축하합니다

박수도 덩달아 짝짝 타오른다

꽃들이 서로 엉겨 붙는다
활활 스크럼을 짠다

뻔하다

가끔은 허기진 시간이 좋다

서둘러 막을 내린 웃음

자유롭거나 자유롭지 못해 공空한 울음

꽃이 떨어진다

잎이 떨어진다

울고 싶으면 울고

웃고 싶으면 웃고

햇살이 모여드는 담벼락에

나를 걸친다

바람에 휘청휘청

질기고 단단한 나이롱 줄을 사야겠다

입안에 철조망이 걸렸다

때론 감정은 위선적이다

숨겨야 하고 덮어야 하고

달의 분화구처럼

혓바닥은 화농으로 짓무른다

달나라에 숨겨야 하는 것들은 무엇일까

미련한 말들이 입속을 맴돈다

숨긴 말은 홀로 아프고

달나라에 갈 수가 없다
철조망은 조금 더 가시를 세우고
나는 아픈 혀를 위로 하지 못해
입을 닫는다

게송 1 외 2편
— 우리절 주지

인 오

무언가를 늘 끌어당기는 사람이 여기에 있습니다
항상 먼저 베풀고 용서하는 마음의 지혜를 가진 사람

모든 것을 늘 밀어내는 사람이 여기에 있습니다
항상 시기질투하고 성내고 욕심이 가득한 어리석은 사람

사랑을 끌어당기고 행복을 끌어당기고
감동이 피어나는 그 힘의 비결은
항상 먼저 베풀고 용서하는 마음에서 일어나는 구나

베풀면 줄고 없어지는 것이 아니라 몇 배로 되돌아오는
그 신비로운 진리를 아는가 모르는가 나무아미타불

게송 2
— 우리절 주지

좋은 것은 보아도

또 보고 싶고

좋은 소리는 들어도 들어도

또 듣고 싶고

좋은 향기는 맡아도 맡아도

또 맡고 싶고

좋은 음식은 먹어도 먹어도

또 먹고 싶고

좋은 촉감은 느껴도 느껴도

또 느끼고 싶고

이것은 우리 몸뚱아리가 일으키는

욕망의 불길이요, 생각이니

내 안에서 일으키는 생각을 조심하라

내 생각이 모여서 내 말이 되고

내 말을 조심하라

내 말이 모여서 내 행동이 되고

내 행동을 조심하라

내 행동이 모여서 내 습관이 되고

내 습관이 모여서

지금 바로 내 모습이로구나

아~ 나무~아미타불~

게송 3
― 우리절 주지

사랑합니다

감사합니다

고맙습니다

적은 것에

만족 할 줄 아는 마음

감동의 씨앗을 심을 때

내일은 반드시

행복의 씨앗이

꽃으로 피어나는구나

나무아미타불

겨울, 추전역 외 2편

임경숙

열차는 더 이상 오르지 못했다
태백을 감돌아
허리가 휘도록 달려왔지만
끝내 멈춰서야 하는 북방한계선
맵찬 바람결 따라나선 싸락눈
저 멀리 흐릿한 능선마다
바람개비 팽팽하게
돌고돌아 제자리로 가는 거라
앙상한 뼈만 남은 싸릿대
구슬프게 무리지어 섭슬리는
이토록 깊어진 겨울
명치 끝에 아련하게 파고드는
이 순간, 느닷없이 낯설다

눈물이 새다

쉰 즈음에
어머니는 곧잘 눈물바람이었다
연속극을 보다가
남의 딱한 사정을 듣다가
외할머니 쇠잔한 등을 쓰다듬다
우스꽝스런 눈물 한 바가지
푸지게도 질퍽거려 부끄러웠다

내 나이 어머니 나이쯤
언제부터 한계점에 이르렀는지
그 스위치 슬쩍 스치기만 해도
누러 담을 수 없는 눈물사태
가슴속 일렁이는 격랑
꾹꾹 누르며 내색하지 않던 것이
세월이 흐르고서야 느슨해졌나

그때는 미처 몰랐던
새던 눈물들
이제야 알겠다 그 깊은 바닥까지

연蓮, 연緣

궁남지에 연이 피었다고
야 단 법 석

꽃 보러 가야지
몇 날을 되뇌이다
꽃 지고 말았다

어깨 처지고 시든 꽃일망정
어느 자락
환한 얼굴 남겼을까
빛바랜 꽃대 사이로
고개 숙여 문안드리니

숨어서 홀로 피어난
그 작고 여린 것이
목 빼고 기다리더라

좋다 좋다 외 2편

임 술 랑

바닷가 망고나무 하나가 가볍게 가지를 흔들며
좋다 좋다. 한다
파도가 치고
태풍이 불어
바다를 뒤집을 듯 세상을 몰아세워도
키 작은 망고나무 하나는
좋다 좋다. 한다
아침이면 바다는 평온하고
뒤집어지지도 않는 윤회를
늘 되풀이 한다는 것을
나무는 한 자리에 앉아서도 다 알고 있다
태양이 내리쬐고
살랑 바람이 부는데
키 작은 망고 나무 하나는
좋다 좋다. 한다
그 풍경이 이 풍경을 보는 태도
그 너는 나이고
나는 너였음 좋다 좋다

짱짱나무

늘 푸른 나무다

새끼손가락 손톱만한 단단한 잎들

오복소복 나무줄기와 가지를 둘러싸고 있다

짱짱 두드려도

나무는 속으로만 닫혀있어

들어가지 못 한다

그냥 네 바깥을 서성일 뿐

어느 때 귀신불처럼 네 안에 숨는다면

그대 그리고 나

오래도록 짱짱 닫혀 있을까

아 그대 하나 품지 못하고

짱짱짱

대못질한다

늘 푸른 감옥이다

숟가락 여섯

애들은 자라서 객지로 나가고
당신과 나
둘만 사는 집이라
숟가락 두 개, 젓가락 두 매
이렇게 수저통에 넣어 두면 되는데
그래도 섭섭하여
애들 셋과 사위 하나를 보태서
숟가락 넷과 젓가락 네 매를 더
수저통에 꽂아 두었다
어제는 큰 딸과 사위가 왔는데
이런 얘기 저런 얘기를 하면서
저녁도 먹고 늦게까지 있다가 갔다
아침에 설거지를 하면서 보니
설거지통에 숟가락 여섯이 다 담겨져 있었다
딸과 사위 왔다고
이것저것 음식을 장만하고 먹으면서
그 여섯 숟가락이 다 쓰였던 것이었다
큰딸 내외만 왔었는데
실은 우리집 여섯 식구가 다 와서
분주히 지냈던 것 같았다

시간時間에 기대어 외 2편

임연규

복개천 위에서 왼 종일

죄판에 튀는 햇볕을 받아놓고

한 생 동업同業으로 대목장에 나란히 앉은

할머니 보살 마하살 님들

한톨의 낟알갱이를 찾는 비들기가

단골 손님으로 보살들의 눈치를 가웃거리면

손주에게 과자 주듯이 좁쌀 몇알

그렇게 하루에 몇 차례 무심히 빈 손이

햇볕을 가르는 할머니

적선하는 비둘기에게

무거무래역무주無去無來亦無住한

시간에 기대어.

손을 잡고 싶다

해와 달이 밤 · 낮

매일 빛으로 이별하는

~~~사이~~~~

비와 눈, 꽃과 열매

바람이 지나가는

~~~사이~~~

나무 · 나

머리를 갸웃둥하며 지나가는 새들

~~~사이~~~

무량의

손을 잡고 싶다.

속절없다는 거

속절없다는 거 이러하지

백두대간을 아리랑 고개고개 굽이굽이 내달아

국토의 땅끝 마을 토말 비碑아래 바닷가에서

돼지가 곡기를 끊어 단식을 하고

지나던 철새가 날개를 꺾고 조개를 캐고

서울에서 들려오는 소식 마음에 천불이 나서

대흥사 아라한 천불이 일제히 일어나 삼산들에 김매러 나가고

토말 언덕 교회의 예수가 무거운 십자가 손 풀고

더는 갈 곳 없는 길손에게 포구에서 막걸리나 권하고

저 연꽃 봉우리 무인도에는 하늘에 계신 어머니가

억년 해풍 속에 아들 생일상에 차릴 미역을 뜯고

여름방학 긴 낮잠에서 볼현듯 깨어

밀린 숙제 걱정하며 학교를 가다가 되돌아 오는

저…… 악동惡童…… 악동惡童이

땅끝 마을 파라다이스 모텔

객창을 두드리는 보름달에 깨어나니

속절없다는 거.

휴일 아침의 숲 외 2편

전 인 식

귀 간지러운 수다로 흉을 보며

습관성 휴일 아침의 늦잠을 깨워놓고 와르르 달아나는

새떼들 뒤를 쫓아 들어선 아파트 뒷숲

잠 덜깬 흐릿한 의식의 나를 데리고 온 새떼들은

약속이나 한듯 하나같이 어디론가 숨어버리고

햇살에 노니는 잎사귀들만 정신없이 반짝거리는 숲속

잃어버린 무언가 생각이 날듯 말듯

보이지 않는 손들이 허리 잡아당기며

쭈구려 앉히는 바로 그때

쏴 쏴 가슴 밀고오는 파도소리 같기도 하고

수만개 눈빛 반짝거림 같기도 한

내 오감의 그물에 걸리지 않는

옛날 인디오였을 적엔 분명 알아들었을

신비한 숲의 춤과 노래

새들은 알고 있는지도 모를 일이지만

문명의 피를 섞은 나로서는 어쩔 수 없는

답답함이 둥 둥 가슴북을 치기만 할 뿐

한 발짝도 움직일 수 없는 숲속에서 생각하는

오늘 하루 나의 일과는

숲의 춤과 노래 소리를 해독하거나

인디오 마을로 되돌아가는 그 희미한 옛길 하나를

찾아내는 일인지도 모른다

백률사에 가면 할머니 계신다

관세음보살 관세음보살
그리우면 버릇처럼 찾아가는 백률사
나직막한 산 나지막하게 할매품에 안긴듯하지만
오르다 보면 숨이 차는 돌계단이 한사람의 일생으로 놓여있다

관세음보살 관세음보살……
반야심경 260자 돌계단 하나에 한자씩 외며
올라야하는 이유가 내겐 따로 있는지도 몰라
쉬어가라 등 내어주는 소나무 기대섰다 고개 들면
눈길 속 걸어간 듯 하얀 고무신자국들을 따라
가쁜 숨소리들은 모두 꽃으로 피어나 있다

관세음보살 관세음보살
나는 안다
툇마루에 빈 장바구니 베고
팔십평생 정말 잠 같은 잠 처음으로 주무시던 그 날
이승의 마지막 외출 어디 갔다 오셨는지
나는 안다

관세음보살 관세음보살

잘 부르는 노래의 후렴처럼 염을 하며

잠없는 새벽 깨어 앉아 다듬어 깎던 향나무비녀

흰머리 가지런히 묶어 찌르던 날

굽은 허리로 돌계단 많은 백률사 명부전에

이름 석자 적어 놓고 내려온 그 길 그대로

살아서의 소원처럼

세상에서 가장 편한 잠 주무신 할머니

관세음보살 관세음보살 관세음보살

자는걸음에보내주이소 자는걸음에보내주이소

할머니 부르던 노래 대신 부르며 돌계단 올라서면

푸른 하늘 배경 끝에 둘러 볼 것도 없는 작은 절

있는 것이라곤 부처밖에 없는 그 곳에

할머니 계신다 나를 키워준

할머니 계신다. 살아서 모습 그대로

집 나간 시詩를 기다리며

평생 함께 할 것으로 생각했는데
어느 날 갑자기 집을 나가버렸습니다

가난하고 힘든 단칸방에서는 서로 의지하며 함께 했는데
아랫배 기름기 차고 먹고 살만하니 딴 생각이 났나 봅니다
지가 가면 어딜 가겠나 곧 돌아오겠지
대수롭잖던 하루 이틀이 이십년이나 흘러가버렸습니다

세월 흐를수록 그리운 것이 조강조처라 했던가요
산으로 들로 강으로
사람 많은 도시기슭 뒷골목으로
이제사 겨우 찾아 나서기로 마음 고쳐먹었습니다

제가 찾는 사람은 있잖아요
얼굴이 두 개
다리는 네 개
꼬리가 아홉 개
심장은 서너 개
몸에서는 아주 고약한 냄새가 나기도 합니다

주로 그늘이나 습한 곳을 좋아 해서
바퀴벌레처럼 숨어 있기를 좋아 합니다
마음 약한 가슴에 빌붙기를 좋아하며
특히 혼자 있는 사람을 좋아해서
메뚜기처럼 등에 올라타기를 좋아 합니다
솔직히 외로운 사람을 만나면 잠자리처럼
엉덩이를 맞대고 있기를 더 좋아 합니다

주로 낮보다는 밤에 움직이는 것을 좋아해서
달빛 밝거나 별빛 맑은 날이면
우우우 늑대 울음소리를 흉내 내기도 합니다
나방처럼 남의 집 안방이나 침실 엿보기를 좋아합니다

때로는 동에 번쩍 서에 번쩍할 때도 있고
물에 빠져 죽었는지 오래도록 소식 없을 때도 있습니다
여자 아니랄까봐 하루에도 몇 번씩 옷 갈아입기를 좋아하며
변덕이 장난이 아닙니다
온갖 미사여구를 동원해서 더러 사기를 치기도 해서
간혹 사람들 마음 상하게 하기도 합니다

손뜨개질 외 2편

정금윤

시작과 끝이
오직 한 줄로 서열이 있다

추운 겨울 문틈사이로
바람을 몰고 와
으르렁대며 겁을 주어도
한 코 기울음도 없다

한 번 눈감아 주면
세상을 다 얻는다 해도
비굴하지 않겠다고
후루룩 화난 듯이 다시 풀어
새롭게 시작하는 미련한 고집

언제나 흔들리지 않는 사실로
어떤 누구에게도
당당하고 떳떳한 본보기
멋진 진실은 한 길!
옳은 진실도 한 줄!

걸개에 걸어 놓고
다시보고 또 다시 보아도
매초롬히 요염한 걸작
세상 한끝이 빛나고 있다

선무도

골굴사 마애불이 내려다보는
대적광전 앞
높은 난간에 가까스로 깔린 마루
좁은 깔개 위에서 심호흡 하는 도사
사시인가 신선인가

손가락으로 새 발인 양 삼발로 디디고
고개 들어 온몸을 곡선으로 세우네
머리를 땅에 내려놓고
하늘 향한 다리는 팔처럼 좌우 회전에
가부좌를 접었다가 온몸도 접었다 펴네

등이 아닌 배가 하늘을 향한 채
머리와 두 발을 땅에 딛고
아무 일 아니라는 듯
흐트러짐 없이 음악에 맞춰
궁구르듯 부드럽게 일어서네

발이 손으로

머리가 발로 바뀌어도
땅이 하늘이 되어도
의연한 선무도
흉내조차 낼 수 없어
박수도 고요하다

손길

골목 어귀에 딱지 붙인 서랍장
스르르 열리고 딱딱 닫히는 게
튼튼하고 실속 있어 내 손을 탔네

내 방 이곳 저곳에 옮겨보다
자리를 잡고
그 위에 장식도 올려놓았네

문에 붙은 조각 장식도
끄떡없이 멀쩡하고
뒤판까지도 매끄럽고 두껍네

한때는 만져보지 못한 고급품
손때와 함께한 작은 흠들이
값싼 기존의 물건들과 잘 어울리네

오래오래 쓰고자 장만했을
그 마음이 살아났는지
그저 손만 내밀면 잘 받아 주네

밥심 외 2편

정동재

운명처럼 장전되는 사랑은

이미 옛적에 굳어진 관습을 재생산한다

명중된 명령어 사랑을 곱씹는다

애인과 애인이 당긴 방아쇠에 생명이 잉태되고 자라난다

서로의 심벌을 겨냥한 총질이 있었을 뿐 하늘은 보이지 않는다

허기 사라진 간극에서 연출된 배부른 트림 꺽꺽

사람은 하늘의 밥이고 하늘은 역시 사람의 밥이라고

밥 짓는 내 솔솔 풍긴다

앉으나 서나 자나 깨나 거울 앞에 선다

가만히 있으라는 세월호 선장 아저씨 안내 방송에

샘솟는 눈물이 밥 짓는 물이다

짠해진 마음이 밥물을 붇는 나는 누군가의 매일매일 일용할 양식

터질 듯 터질 듯 압력밥솥처럼 부글부글 끓는다

때 되면 또다시 밥 짓는 천명이 혁명이다

밥심이다

피를 피로 닦는 안식에게 묻는다

밥 좀 먹으며 산다는 말은 정녕 안녕하신지?

살려고 먹느냐 먹으려고 사느냐는 말에 광장이 들끓는다

인류의 볼일

고추 한 번 보고
하늘 한 번 보고

빨간 장미

잠결에 불쑥 쳐들어온 홍시가

입속 홍시를 꺼내 먹는다

등대에 불을 켜며 떡방아를 찧는다

소박을 놓던 시대는 옛날이야기

대갈빡이 깨지고 피가 튀는 다 큰 어른들 놀이에는

괴물이 사상처럼 태어난다

삼각주를 이룬 빨간 장미가

조이는 고삐가 만드는 진땀 범벅

어둠 속에서 애마는 달린다

잊어버린 은행나무 외 2편

정 서 리

지나온 길들이 흔들어
많은 잎 어디로 보냈는지
아우성치며
황금빛 머물게 할 수 없어

누렇게 지친 그들
별빛 아래 눕지 못하고
서성이던 그
훌훌 미련 없이 떨구고
지나온 생 벌 받고 있는 나무여
구부러진 길 위
차곡차곡 벗어 놓고
이제야 철드는구나

지나 봐야 시고 떫고 단맛 알 듯
눈비 기다리며
무애無崖 길 선택한 은행나무여

매듭

자신을 만나려면
몇 껍질을 벗어야
참 알갱이 볼 수 있을까

내 깊은 마음속 골짜기에
파란 하늘 들어와 앉는다면

금 긋던 수많은 날이
몇 토막씩 살아
안마당 가득 차오르는
여울목에 맑게 씻어 보리

여든 넘은 어머님

달빛 휘영청
앞뜰 감나무가 가리네
귀뚜라미 거문고 현을 켜면
대청마루에 잠든 예순 넘긴 아들
호롱불 등잔 밑
흰머리칼 뽑는 어머님
세월은 내가 가져가마
애비야 늙지 마라
어머님 오지랖에
잠든 척한 아들 숨소리

겨울나무 외 2편

조 옥 희

함박눈 내린 산사
나뭇가지에 새 한 마리
따스한 햇살 주우러
마당가에 나섰네.

맑은 햇살처럼 퍼지는 풍경소리
얼음 풀린
시냇물소리 스며든 골짜기
침묵으로 내리는 잔설처럼
헛기침을 뱉으며
빈 마음이 된 겨울나무

먼 골짜기
세상의 번뇌로 피어오른 저녁연기
마주앉은 텅 빈 마음
그 계절의 겨울나무로 서 있네.

짝

산책길에서 만난 돌멩이 중에서도
욕심껏 집어든
몇 걸음 더 가다가
더 좋은 것이 없을까
살며시 다른 곳에 제쳐두고
어떤 돌은 두 손에 나누어 쥐고
묵묵히 걸어가다
남의 눈치 살펴보고
돌 틈바귀에 놓아봅니다

아주 볼품없고도 납작한
너무 눈에 부셔 겉돌고 있는
두 손 가득 여몄던
색 바래진 욕심 거둬들이고
사는 동안 걸맞은 돌이 되어
나를 들여다보는,
한 눈에 쏙 들어온 당신
이제야 제짝을 만났습니다.

순천만 연가

갯바람에 갯벌 열리면
날아오르는 철새 뒤로
갈대들 서걱이네

수만리 아득하게 날아온 생生
도요새의 생을
평온이 깃든 품안으로
더 오래된 외로움을 품은
갈대들이 안아주네

바람결에 칠면초는
붉은 물결 넘실 타고
수런수런 속삭이며
서녘으로 흘러가네

생명의 틈새마다
눈시울 젖은 발걸음들
나그네, 머나먼 그리움에
먹먹한 돛을 띄우네.

곡수谷水 외 2편

진 담

흘러가는 계곡물아
떠나는 너는
아무 미련 없겠지만
보내는 나는
잡을 수 없는 아쉬움이……
아, 바다를 이루는구나.
기왕 가려거든
내 설움도 함께 데려가 다오

오솔길

한적한 봄
연둣빛이 초록으로 건너가는
이런 날은
그냥 걷고 싶다

굳이 읽지 않아도 좋을
책 한권 손에 들고
걷고 싶다
초록에 스며들고 싶다

혼자 걸어도 좋고
둘이 걸어도 좋다

굳이 이야기 하지 않아도 좋을
사람과 손을 꼭 잡고
그렇게 그냥 걷고 싶다

낙엽을 스승 삼다

구르는 낙엽을

쓰레기로 보는 이도 있겠지.

추운 겨울을 견디고 새싹으로 눈 떠

만물을 즐겁게 하고

뜨거운 여름날 그늘이 되어

나그네를 편히 쉬게 하고

울긋불긋 가을 단풍 되어

세상을 아름답게 채색하고

끝내 떨어져

작은 벌레들의 새 삶의 터전과

식물들의 거름이 되어주는 낙엽

물끄러미 그를 보니

나는 타인을 위해

얼마나 배려한 적 있었는지

설사 그런 삶을 살았더라도

구르는 낙엽을 스승 삼아

가만히 나를 들여다본다.

떡잎 외 2편

진 준 섭

갈라진 틈 사이로
떡잎이 고개를 내밀고 있다

계절의 경계를 지우며
푸르게 푸르게 일어서고 있다

긴 시간을 기다려온 듯
봄을 꿈꾸는 희망이
겨울을 밀어 내고 있다

그녀의 옷

혼자 있을 때
거울 앞에서
몇 번이고 입어 보았을 옷

정작 자신의 옷을 사는 게
익숙하지 않아서였을까

가족에게 미안한 마음이
앞서서였을까

다시 반품하려고
장롱 속 깊숙이 감춰 놓은
그녀의 옷

삶, 그 고단한 여정

잠깐 피어오르다
사라지는 연기처럼
돌아보면 한순간이었어

무형의 틀에 얽매어
홀로 잠 못 이루며
불 밝혔던 날이
그래서 많았던 거지

그렇게 메아리 없는 되물음 속
하나 둘 성장의 허물 벗으며
자신만의 길을 찾아 가야하는

삶이란,
어쩌면 짧고도 멀기만한
고단한 여정이 아닐까

배드민턴 외 2편

천 지 경

밤늦은 시각 대 포집을 파장한 아줌마 셋
시든 배추 같은 몸을 일으켜 배드민턴을 친다.
노동에 찌든 몸은 운동으로 풀어야 하지
몸으로 먹고 사는 사람들은 체력을 길러야 혀
다부진 몸매의 전주댁이 내리 꽂히는 콕을 쳐 올린다
물살로 출렁거리는 밀양댁은
한 번 쳐 올릴 때마다 방귀의 힘을 빌린다
가장 높이 떴을 때 몸을 낮추는 셔틀 콕
엉덩이부터 내려야 날개를 다치지 않는다는 진리를
일찍부터 깨달은 영은 엄마는
베트남서 아버지 같은 남자한테 시집 온
바람 한 줄기에도 흔들리는 아직 젊은 돌배기 엄마
힘이 너무 들어가면 어깨 너머로 달아나버리고
힘이 약하면 맥없이 툭 떨어지는 하루하루
술만 들어가면 괴팍을 부리는 손님처럼
치는대로 순응하다 어느 순간 까탈을 부리는 셔틀 콕
이 바닥서 돈 벌려면 독해져야 혀
구멍 숭숭 뚫린 몸으로도 잘 받아 쳐내야만
자식 셋 공부 시킬 수 있지

전주댁 팡, 쳐 낸 셔틀콕이 밤하늘로 날아간다.
행패 부리는 단골 주정꾼 내쫓을 속셈으로
깨뜨린 맥주병의 파편 같은 별들 향해

담배

1

천둥 번개가 극성스러운 날, 어머니가 담배를 피우고 있습니다. 그렁 그렁 고인 눈물 감추려고 두 눈을 깜박이며 담배를 뻐끔뻐끔 피우고 있습니다. 구멍 뚫린 가슴에 습기 듬뿍 스민 장마철, 아버지가 둘째 오빠의 시신을 지게에 지고 나간 날부터 어머니는 담배를 배우셨다고 합니다. 막바지에 이른 죽이 빠글빠글 끓는 듯한 애달픈 가슴도 담배 한 모금에 차분히 가라앉곤 했다네요. 우등생이었다는 둘째 오빠는 담배 연기가 되어 어머니 가슴속을 들락거리며 수십 년 함께 살아가고 있습니다.

2

아버지 무덤가에서 어머니가 담배에 불을 붙입니다. 당신이 한 모금 빤 후 상석 위에 올려놓습니다. 아버지 묻히신지 두 철이 지났는데도 떼는 입지 않고 잡풀만 무성하게 돋아납니다. 장맛비에 물씬 자란 쑥대며 엉겅퀴는 어머니 억센 손에 머리채 휘어 잡혀도 좀체 뽑히지 않습니다. 이승과 저승길을 끊듯 어머니는 매정스럽게 풀들을 뽑고 뜯고 합니다. 잡풀 한 움큼 뽑을 때마다 어머니 악문 입술이 들썩입니다. 고수레

음식을 탐내는 까마귀 울음소리가 참 청승맞게 들려옵니다. 어머니가
다시 담배를 한 대 꺼내 뭅니다. 무덤 머리맡에 핀 쑥부쟁이 위로 담배
연기가 날아갑니다. 조금 전 어머니가 끊어내지 못한 쑥부쟁이는 아버
지가 좋아하던 야생화입니다. 이제 아버지도 어머니 가슴속을 들락거
리며 살아갈 것 같습니다.

구미호

당신의 간을 원해요. 진정으로 날 사랑한다면 당신의 싱싱한 간을 내게 주세요. 간을 집에 두고 다닌다고요? 요즘 말단들은 간도 쓸개도 빼놓고 살아야 된다고요? 그렇다면 집에 있는 당신의 간은 깨끗한가요? 저런, 얼마나 속을 썩고 살았는지 박박 문질러 씻어도 악취가 나서 못 먹겠군요. 저기 백수들의 간은 졸을 대로 졸아서 못 먹겠고, 집에 오면 황제처럼 행세하는 저 말종 인간의 간댕이는 있는 대로 부었네요.

그 옛날 순박한 당신이 간을 내놓을 때 덥석 먹었어야 했는데…….

나 이제 어디 가서 싱싱한 간을 찾아 인간이 되지?

파종 외 2편

채 들

마른 나뭇가지를 꺾어다 꽂아도
금세 물 오를 것 같은

자드락밭에
어머니를 심고 돌아오는 길

차창 밖은 이화 도화 물결로 한창이다

보슬보슬 비까지 내려
낼모레 삼우제쯤이면

금세 싹 터,
새순 돋아날 것 같은 어머니.

화답

석공이
바위를 두드리자

부처님이
연꽃 한 송이를 들고 나오셨다

일생一生을 두드려 질문한 시간이
석공의 머리에

백발 삐비꽃으로
활짝 피었다

꽃전쟁

훅, 불면 금세 흩어질 듯한
민들레 씨앗 같은 머리들이 둘러앉아
꽃판을 벌인다
남은 세월을 주고받는다

난초를 내주고 검은 싸리 붉은 싸리 들고
꽃그림자 쓸라치면
기러기 몇 마리 날아간 자리에 공산이 떠오르고
화투짝 뒤집히듯 국진에 서리가 내려앉는다

아무리 들여다봐도
낙장불입 순간이 떠오르지 않는
희끗희끗한 패짝들

이 판은 내가 갖고 다음 판은 네가 갖고
오고 가는 판 사이에 막걸리 두부김치 차려져도
딴 사람은 아무도 없다

누가 이기고 진 것도 없이

패 들여다본 사이 개평 쌓이듯 늙어버렸다

늙은 세월 골고루 나눠가졌다

사라진다 외 2편

황 정 산

없어진 한 짝 양말에 관한 말은 아닌
꿈속에서도 마주칠 수 없는
모래 냄새가 나는 말이긴 하나

제 꼬리를 삼키며 숨는
뱀의 이름 같기도 한
그러나 모든 구멍들을 채울 수 없을 때
하는 말이기도 한

연을 날리다 하늘을 본 사람들은 아는 말이지만
알을 낳는 새에 대한 말은 아닌

둔중한 것들이 용적을 비우고
차지하는 것들이 바람에 실리고
불리웠던 것들이 이름을 감추고

사라진다
그렇게 살아진다

긴 여자

그녀는 결코 걷지 않는다
미끄러져 스며들어 어디든지 간다
대나무를 타며 장검을 휘두르는 그녀는
빨래줄이 되어 걸려 있기도 하고
계단에 그림자로 누워있기도 한다
그녀는 길이에 집착하지 않으므로
허리띠나 넥타이를 선물하는 법이 없다
붙잡을 게 없으므로
손톱을 기르거나 치장하지 않는다
언제나 먼 곳을 보고 있다
어쩌면 아무것도 안 보는지도 모른다
긴 허리로 나에게 기대
다리보다 긴 손가락으로
내 몸을 헤집어 젖은 지푸라기를 꺼낸다
불씨를 가지고 있지 못한 그녀는
긴 꼬리를 남기며 사라진다

긴 여자가 있다
아니 사라진 여자는 모두 길다

종이컵에 대한 종이컵을 위한

종이컵이 좋다

환경을 사랑하는 그대들이 싫어할 이야기지만

오늘도 종이컵을 집어든다

이름이 없어 좋다

고뿌도 그라스도 아니고 잔이라 부를 수도 없는

그래서 뭐든 담을 수 있어

좋다

그대들은 혹여

담배꽁초나 타액이 들어 있는 와인잔을

맨정신으로 바라볼 수 있는가

그런 것들마저 허락하는 모습을 떠올릴 수 있는 것은

단지 종이컵뿐이다

때로

버리는 사람들에게 0.001ppm의 독성으로 저항하는

자존심을 잃지 않기도 하지만

아무렇게나 물 위에 떠 흘러가고

불속에 던져져 오직 한순간 환하게 타오르는

종이컵이

나는 아니 나라면 아니 내가

좋다

■ 시조

복수초 외 2편

김 경 옥

잔설 속에 맨발로 서있는 아기가 보였다
용감하게 자기를 다 보여주고 있었다

초면의
어린 손님은
따뜻하고
환했다

깃 하나 세우지 않고 악수를 청하는 그
가만히 무릎을 꿇어야 내 손이 닿았다

두툼한
겨울신발이
미안했던
첫 만남

계영배戒盈杯

우기를 건너가는 두물머리 푸른 연잎
빗물 담고 흔들리며 누웠다 일어섰다,
무게를 가늠하는 일
오롯이 몰입하네

깊숙이 뿌리 내려 온 몸으로 올린 찻잔
가득 채워지려는 찰나, 아낌없이 비우네
기우뚱 벼랑 끝에서
서는 법을 안다는 듯

점등

지하 1층 목욕탕 입구 연탄 한 장 벗하며
발 모양 구두틀에 서너 개 못과 망치
구두약 까만 손톱이 간간이 분주한데

딸 아들 통신비에 치매모친 요양비까지
바람벽 기대앉아 마감 날 챙기자니
굽 갈고 흙먼지 닦는 낡은 신이 향기로워

미생未生의 신발 끝에 이름 모를 등을 달면
세상사 엇갈린 길이 하나 둘 밝아오고
붙박고 앉은 자리가 극락 같은 저녁답*

* 저녁무렵의 다른 말

천지사랑 외 2편

이 현 기

내가 나를 바라보니 바보스런 인생이네
가슴속에 들어있는 망상도야 많았구려
흘러간 길 기억하면 천지사랑 받았구려.

태어난 삶 축복받아 살아왔지 가는 길은
하나이니 너도 가고 나도 가는 언덕이네
바보스런 나를 보니 참으로야 불상하네.

생각하면 가진 것은 하늘길이 전부였소
젊음도야 가버리고 가난한 삶 세월이니
불러본들 대답 없고 남은 사랑 여기 있네.

가진 것은 망상이요 버린 것은 하늘이네
내 가슴에 들어있는 당신사랑 죽지 않네
천지 당신 생각하년 가슴 뛰어 실있구려.

영생 길

영생은 죽지 않고 사는 길
찾아가네
단편만 생각하는 인생길
허무하네
풍만한 영원 길 찾아 나를 알고 사세나.

영성 길 임하시어 머리에
임하시네
단순한 하늘 길에 찾을 수
없고말고.
풍요로 가꾼 영혼 길 가슴 안에 있다네.

영아의 유아시절 그 누가
알겠는가
단숨에 자라나서 오늘이
됐나보냐
풍성한 가지 끝마다 열매 맺는 일이네.

영원 길 찾아가는 기도량

여기 있네

단숨에 얻어가는 철부지

욕심이네

풍성한 가슴 안고서 나를 찾아 가세나.

공일세

지혜로 살아가는 사람은
거짓 없네
야심은 자기 몸을 스스로
동여매네
이렇듯 탐욕심 버려 텅 빈 마음
찾으소,

머리는 백발 되도 마음은
그대로네
닭 우는 소리 듣고 새날을
맞이하네
법문에 많은 보배를 찾았으나
공일세.

해오라기 난초 외 2편

장옥경

긴 기다림 끝 햇살도 숨죽인 그 순간
짙은 어둠 헤집고 터뜨린 꽃망울
순백의 꽃잎 하늘거리며 갸웃대는 저 백로

어느 별 구름 타고 고운 새 날아왔을까
풀잎 이슬 헤치고 사막을 건너온
비상과 좌절의 날개 속 눈물방울 반짝인다

습지에 발 담궈도 오욕에 물들지 않고
어둠을 깨우며 환하게 꽃등 밝혀
오롯이 하늘을 향한 순결한 춤사위

얼마나 비워야 저리 말간 꽃 피울까
부리 마다 햇살 물고 겨드랑이엔 날개 달고
창공을 날아 오를듯 활짝 핀 해오라기 난초

화살나무 방
— 면접대기실

얼마나 긴장했으면 희끗한 가슴 되었나
발그레 상기된 얼굴 바싹 마른 입술
창밖을 서성거리던
햇살도 주춤한다

수십번 써 내렸던 눈물 젖은 이력서
이번이 마지막이야 주먹 불끈 쥔 청년
한번도 날지 못한 날개
푸르륵 파닥거린다

뾰족한 촉들이 부르르 떨고있다
흩어진 가지들 갈기 세워 입 모으고
활시위 팽팽한 열기
하늘 햇살 당긴다

데칼코마니
— 예각

산중턱 반쯤 꺾여진 전나무 한 그루
생살 찢겨지고 뿌리 훤히 드러낸채
아직도 뜨거운 피 흐르는지
형형한 저 눈빛

벌레들 끌어들여 햇살 한줌 얹어주고
집 잃은 새 불러 모아 따순 둥지 내주는
어머니, 잔뜩 굽은 허리로
리어카 끌고 가신다

제 한 몸 아랑곳 않고 가진 것 다 내주고도
땅에 닿을 듯 점점 더 기울어지는 몸
하늘에 뿌리 내리려는 걸까
환해지는 저 성자聖者

■ 수필

생명이 충만한 공간

정 정 성

내가 사는 마을은 암사동 선사주거지에 잇닿아 있다. 지금은 '서원마을'이라 부르지만 오랫동안 '점마을'로 불렸다. 아득한 선사시대 사람들이 토기에 빗살무늬를 바치고, 물고기 잡이와 사냥으로 삶을 이어 온 전형적인 강마을이다.

서른세 해 전 가을, 우리 가족은 이곳에 터를 잡았다. 강원도 두메산골 태생인 우리 부부는 서울에서의 좁은 아파트 생활에 잘 적응하지 못했다. 새로운 삶터를 찾아 변두리를 전전하다가 알 수 없는 힘에 이끌리듯 도착한 곳이었다.

개발제한구역의 좁다란 비포장도로를 따라 십여 분 남짓한 거리. 고덕산 자락이 팔베개로 마을을 감싸 안고 있었다. 쉰 여 채의 나지막한 집들, 갖가지 꽃들이 피어 있는 너른 마당. 가장자리로는 감나무 대추나무 같은 유실수가 자라고 있었다. 빨랫줄에 널린 풀 먹인 이불홑청이며 애호박을 썰어 채반에 말리던 초가을 풍경이 단박에 나를 사로잡았다.

적지 않은 빚을 지고 마련한 새 터전, 우리는 혹독한 근검의 나날을 보내야만 했다. 자주 우울하던 그 시절, 길 건너 선사주거지가 있다는 건 내게 큰 위안이었다.

틈틈이 그곳으로 발길을 옮겼다. 여기저기 기웃거리다 보면 서서히 마음의 그늘이 걷히곤 했다. 마치 육천 년의 세월을 거슬러 선사시대의 한 순간에 머무는 듯한 착각에 빠지기도 했다. 단순하고 소박하게 살다 간 옛 사람들. 청정한 대자연 속에서 순수함을 잃지 않고 살았을 그들을 생각하면 집으로 돌아오는 발걸음이 늘 가벼웠다.

장맛비가 그치고 햇볕이 쨍한 오후, 다시 선사주거지로 향한다. 넓은 그늘을 드리운 상수리나무 잎은 변함없이 푸르다. '뙤약볕을 놓치지 마.' 어느새 오랜 친구가 된 상수리나무에게 말을 건다. 삼복복더위가 지나면 이내 햇볕이 야윈다. 빛의 각도도 비스듬해진다. 불볕을 감내하겠다며 입술을 앙다무는 상수리나무의 속마음을 읽는다. 그런 매운 다짐을 거듭하지 않았다면 어떻게 수천 년을 버틴, 탄화된 도토리의 존재를 우리 앞에 드러낼 수 있었겠는가.

움집 앞에서는 늘 생각이 깊어진다. 갈대로 이엉을 엮어 만든 집. 밥을 짓고 잠을 자고 그물을 깁던 둥그런 단칸방. 집은 불편할수록 좋다는 어느 건축가의 말을 떠올린다. 이 둥근 방에도 그들의 희로애락은 있었을 것이다.

여드름이 숭얼숭얼 돋은 소년은 이웃집 소녀의 마음을 얻지 못해 고기잡이도 활쏘기도 심드렁했을 것이다. 저물녘까지 강가에서 물수제비를 뜨고도 잠 못 들며 뒤척이는 아들을 아버지는 어떻게 외면할 수 있었겠는가. 자식을 모닥불 앞에 일으켜 앉히고 등을 토닥거렸을 둥근 방. 아득한 그날 저녁의 온기가 그리워 오래 움집 앞에 머물게 되는 건 아닐까.

오늘날 대부분의 방들은 네모난 방으로 변했다. 안으로 잠금 장치가 달린 문. 그렇게 굳게 잠긴 방은 소통을 거부하고 단절한다. 때문에 현실은 집 안에 빈방을 놔두고도 길거리의 방들이 늘어만 간다. PC방, 전화방, 대화방…… . 또 다른 닫힌 공간에서 마음을 받아줄 익명의 대상을 찾는 이들. 가족이 보듬지 못하고 이웃이 외면하는 이들의 빙황은 언제까지 계속될까.

전시관 안으로 들어서면 발걸음은 더욱 느려진다. 투박하기 그지없는 빗살무늬토기의 파편들. 햇살 따사로웠던 날, 토기를 빚어 무늬를 새기며 아득한 옛 사람들은 어떤 생각에 잠기곤 했을까. 민무늬에 덧무늬를 바친 심사는 또 무얼까. 곡식을 늘그느라 갈돌과 갈판은 모서리가 둥글

게 닳았다. 몇 대를 물려 썼음직하다.

나무와 돌, 흙으로 만들어진 살림 도구들은 그 쓰임이 다하면 자연으로 돌아간다. 그러고는 다시 자연의 일부가 된다. 반면 비닐과 플라스틱으로 대량 생산되는 오늘날의 살림 도구들은 끝내 자연과 화해하지 못한다. 자연을 병들게 하고, 자연에 깃든 수많은 생명체의 삶을 위협한다. 빗살무늬토기 한 조각도 이토록 소중히 간직하는 이유가 여기에 있을 것이다.

제2전시관에는 속마음을 터놓는 십년지기가 있다. 그와 만난 건 새 천년이 열리던 해 정월이었다. 처음 그와 마주한 순간, 나는 한동안 꼼짝 없이 서 있었다. 선사시대의 장례 풍습을 재현하느라 몸에 자갈돌을 얹은 채 누워 있는 그. 그는 관람객의 이해를 돕기 위한 조형물이지만 내겐 조형물이 아니라 잠시 풋잠에 든 내 피붙이같이 여겨졌다. 그래서 '아난'은 내가 그에게 지어준 이름이다.

'아난, 첫눈이 와요.'

'매화가 피었어요.'

'뻐꾸기가 돌아왔어요.'

유리벽을 사이에 두고 철따라 바깥세상 소식을 그에게 전했다. 이제와 생각해 보면 자주 그를 만나러 간 것이 내 뜻만은 아니었던 것 같다. 아마도 그가 불러낸 것이 아닐까. 나를 불러 침묵의 언어로 전하려는 그 무언가가 있었던 모양이다.

요즘에서야 비로소 아난의 메시지가 무엇인지 깨닫게 된다. 바로 생명의 소중함이다. 생명체의 삶은 유한하지만 유전자의 관점에서 바라보는 생명은 영속성을 지닌다고 한다. 한반도에서 사람이 살기 시작한 것은 약 70만 년 전 구석기시대로 추정한다. 척박하고 열악한 생존 환경을 극복하며 인간의 생명은 이어져 왔고, 앞으로도 이어져 나갈 것이다. 생명은 그 어떤 이유로도 가볍게 여겨서는 안 되며, 헤치는 일은 더욱 용납할 수 없는 일이라고 풋잠에 든 아난이 일러주는 것 같다.

서구식 산업문명은 물질적인 풍요와 편리함을 제공한다. 그러나 궁극적으로 인류사회의 미래를 밝게 전망하지는 못한다. 가족은 쉽게 해체되고, 생존을 위해서 사람들은 점점 그악스러워진다. 자연환경도 빠르게 오염되고 있다. 이해와 포용이 절실한데 세상은 점점 메말라 간다.

이럴 때, 암사동 선사주거지는 지친 현대인들에게 치유의 공간이 되어야 하지 않을까. '진정한 미래는 오랜 옛 지혜 속에 있다'는 진리를 터득하는 공간. 공간은 사람의 숨결과 만났을 때 비로소 생명력을 얻는다. 생명이 충만한 공간은 이야기를 품고, 이야기는 다시 역사로 남을 것이다. 오래도록 간직될 찬란한 역사로.

■ 소설

스콜

마선숙

이곳에 와서 제대로 식사를 하지 못했다. 처음에는 낯설어 그런가보다 했는데 닷새가 지나도 입맛은 돌아오지 않았다. 침이 제 역할을 못하나? 맛봉오리가 퇴화된 걸까? 종잡을 수 없는 기후에 타액이 감염이라도 되었나?

언젠가 편두통으로 한의원에 가서 침을 맞았다. 그 때처럼 혀가 따끔따끔 아픈 걸 보면 속의 타액이 말라붙었나 싶어지기도 했다.

어제는 어지러워서 말레이시아의 채러팅 수영장 물 빛깔이 오락가락했다. 하늘처럼 파랬다 검게 바뀌고 회색으로 변질되기도 했지만 오늘은 살 만하다. 빈혈 약을 가져오길 잘했다. 약 복용 후 머리도 개운해지고 가슴을 짓누르는 무거움도 엷어졌다.

이른 아침이라 풀 안엔 강민과 유럽계 백인 노부부뿐이다. 노부부는 구석에서 비치 볼로 배구를 하고 있어 크나큰 메인 수영장을 활개 치며 휘젓는 사람은 강민 혼자다.

노란 팬티를 입은 그의 배영은 돋보였다, 잘 관리된 근육질의 몸으로 리드미컬하게 물살을 헤치며 드문드문 이른 아침을 들고 있는 휴양객들의 시선을 사로잡고 있다.

서인은 차를 마시며 수면위로 떠올랐다 사라지는 강민의 몸을 무감각하게 건네 보았다. 오십 미터 거리지만 서울서 부산만큼 멀었다.

"여기 앉아도 될까요? 자리가 없어서"

갑자기 들려온 소리에 시선을 돌렸다. 영우가 음식이 담긴 접시를 들고 조심스럽게 물었다. 스물여덟쯤 됐을까? 한국 관광객들을 안내하는 클럽 메드 상주직원이었다. 얼결에 고개를 끄덕이며 강민의 자리에 걸쳐 논 원색의 남방을 의자 등받이에 걸쳐 놓았다.

"바깥 선생님은 서양인 같아요. 한국 남자들은 물 밖으로 나오면 타월부터 찾아 별명이 타월 맨 인데 저분은 아니네요."

영우가 음식 접시를 놓으며 덧붙였다. 영우의 시선을 따라 가 보니 강민은 물에서 나와 선 베드에 누워 몸을 쭉 뻗고 있다. 탄탄한 근육질의 몸이 큰 키와 어울려 유럽인 같긴 하다.

"아메리카노 가져다 드릴까요? 아니면 라테라도."

영우가 다시 물었다. 날렵해 보이는 몸매와 달리 목소리가 굵다. 빠르지도 늦지도 않은 울림이 듣기 편안하다.

"됐어요. 속이 거북해서."

"그럼 아이스크림이라도."

서인이 머리를 저으니 영우는 팬케이크에 곁들여 주스를 마시기 시작했다. 강민은 베이컨이 없으면 빵을 못 먹는데 식성이 비슷하다.

"여기에 한국 직원이 많은가요?"

"서너 명 되지요, 한국 관광객이 많아 우리가 덕 봅니다."

"그렇군요."

"두 달 더 하곤 한국 돌아가요. 등록금은 벌었으니 복학하려고요"

"전공이?"

"사회복지 학과요. 어릴 때부터 꿈이었거든요. 사회복지사로 힘 든 사람 돕고 싶어."

영우는 스스럼없이 웃었다. 웃을 때마다 보조개가 파이는 모습이 보기 좋다.

"서울 떠난 지 이년이네요. 중국이랑 인도네시아에 있었어요. 사람을 좋아하다보니 이 일이 재미있어요."

갑자기 아 하고 혼잣말 했다. 첫날 이곳에 도착 해 영우의 안내를 받으며 누군가와 많이 닮았다 했는데 기억이 났다. 서울의 정신과 의사였다. 유달리 하얀 얼굴과 호리호리한 몸매와 정수리 모양이 흡사했다. 십년 지기처럼 편안하게 느껴지는 영우와 환자를 앞에 둔 의사의 분위기가 같을 수는 없지만 전해져오는 외양은 확실히 비슷한 데가 있다.

"혹 공포영화 좋아하나요?"

서인이 불쑥 물었다. 자신이 생각하기에도 뜬금없는 질문이다.

"아니, 그런 영화는 될 수 있으면 안 봅니다. 그런데 왜?"

두 눈을 모으며 의아한 얼굴이다.

"남자들은 그런 거 좋아하니까요."

강민은 공포영화를 즐겼다. 로맨틱하거나 가족적인 영화를 보고 싶다고 하면 수준이 낮다는 듯 면박을 주었다. 십년 결혼 생활동안 다른 부부들의 생활이 궁금했다. 그들도 남편의 강권으로 공포영화를 볼까? 아내가 저녁 때 몇 시에 들어 오냐고 전화 하는 게 금기일까? 집에서도 여성스러움을 강조하는 드레스를 입고 있을까? 근무 중인 스튜어디스도 아닌데 손톱의 매니큐어가 벗겨져 있으면 경멸을 당해야 하나? 생리 중일 때 남편을 거절하면 베개를 바닥에 던지며 내려가서 자 할까? 모델도 아니건만 살이 찔까봐 늘 전전긍긍 저울을 끼고 사는가? 하고.

"여기 묵으신지 일주일째 되죠? 오늘 밤 쇼 프로그램 제가 연출했어요. 이따 구경 오세요"

영우가 입가의 주스를 훔치며 몸을 일으켰다. 상념에서 깨어나 건성 고개를 끄덕이자 영우는 목례를 하고 저벅저벅 소리를 내며 사라져 갔다.

"가슴이 답답하고 불면증이 시작된 건 언제부터였나요?"

"결혼 후 남들처럼 살아 본 건 일 년도 안 돼요. 그 뒤로……."

서인은 말 꼬리를 흐리고 창밖으로 시선을 돌렸다. 그러자 의사는 다음 말을 재촉하듯 턱을 치켜들었다. 온화 해 보였지만 은밀히 탐색하는 눈매가 날카로워보였다.

병원 문을 두드리기까지 시간이 오래 걸렸다. 결혼 후 그의 세계에 끼어 들 수 없음을 알고 겉돌았다. 쉴 새 없이 쏟아지는 명품을 사서 걸쳐도 당당하지 못했고 주위 사람들의 부러워하는 시선도 통증처럼 상처로 다가왔다. 고급 호텔 사우나에서 때밀이 아줌마가 들어갈 데 들어가고 나올 데 나온 몸을 탄복해도 조롱으로만 들렸다. 남은 속여도 어떻게 살고 있는지 잘 아는 자신까지 기만 할 수는 없었다.

"그 후엔?"

"그 뒤로는 짐승의 시간이었어요. 벌 서는."

"음"

"그는 나와 결혼하고 싶나요? 하고 물었어요. 그게 나중에서야 모욕인 걸 알았어요. 여자들이 자기와 결혼하고 싶어 안달 인 걸 알고 있었지요."

"……"

"가난했어요. 관절염 걸린 어머니. 노동하는 아버지. 그리고 두 동생과 임대 아파트에서

누추하게 살았죠. 하나 다행이었던 건 몸이 유연하고 팔 다리가 길어 어릴 때부터 선생님들이 무용을 시켰어요. 돈을 못 내도 연습을 시켜줬어요. 그 덕분에 무용으로 삼류대학 구경을 했는데 도저히 등록금을 댈 수 없어 이학년 때 휴학하고 모델 학원에 취직했어요. 사무원이었죠. 학원 원장님은 사무직보다 모델을 권했지만 자신 없었는데 어느 날 갑자기 무대에 서게 되었죠. 모델이 상을 당해 대타로 나갔어요. 늘 보아 온 노델 워킹을 대충 흉내 내고 내려왔는데 남편 눈에 뜨인 거예요."

"그래도 바깥 분은 처갓집 가난을 문제 삼지는 않았군요."

"제 처지를 알아 올라가지 못할 나무 쳐다본 적은 없는데 왜 점 찍혔는지는 모르겠어요."

의사는 차트에 기록을 하면서 중간 중간 맞장구치듯 고개를 주억거렸다.

"그는 우유 창업자인 아버지 사업을 물려받은 젊은 경영인이에요. 꽃 구경시켜 준대서 워커힐을 갔는데 먹어보지 못한 티본스테이크와 와인에 취해 호텔 방으로 들어갔어요. 거기서 그의 몸이 죽은 사람도 살릴 듯 뜨거운 걸 알았어요."

"……"

"그는 오르가즘을 사랑해요. 그렇게 세련된 남자가 커피에도 설탕을 듬뿍 넣어요. 여자도 커피처럼 달아야 한 대요. 나이 들어 그를 만족시키지 못하면……아마도……."

"사람은 다 늙어가지요. 남자도."

"그에게는 첫 아내가 있었죠. 중견기업 남편 회사보다 재계 순위가 높은 집 딸이었죠. 그런데 얼마 못 살고 아들 하나 낳고 갈라섰어요. 아이는 여자 쪽에서 맡고."

"……"

"남편이 서른일곱 제가 스물 둘에 식을 마치고 신혼여행을 갔어요. 그는 첫날 밤 앞으로 자기 생활에 간섭하지 말라고 선언처럼 말했어요. 새벽에 들어오거나 외박해도 무조건 기다리는 게 내 일이라고. 저는 농담인지 알았는데 주위에 여자가 늘 있었어요."

서인은 의사 눈을 피해 창밖으로 시선을 돌렸다.

"아주 더러운 일을 알았어요. 조카가 스튜어디스 시험 본다고 지방에서 와 우리 집에 묵었는데 어느 날 돌연 고백을 하는 거예요. 남편과 일 년 이상 밀회를 했다고. 처음에 무슨 뜻인지를 몰라 멍했어요. 한국 말 못 알아듣는 사람처럼. 그 애는 미국가면 안돌아오겠다면서 유학비용을 달라고 해요. 남편 보상이 가벼웠다고."

"그랬군요."

"그 애를 집으로 들인 게 잘못이었나 봅니다. 짧은 반바지 하의실종으로 돌아다니던 애를."

"……"

"패물을 처리해 애를 미국 보낸 후 제주노로 내려갔어요. 이제 끝이라고. 서울에서도 집이 내 집 같지 않았어요. 어딘가로 떠날 듯 짐을 싸 놓은 사람처럼. 그런데 그가 찾아 와 돈뭉치를 던지며 한마디 뱉더이다. 옆에 있어 달라고."

"돈뭉치?"

"그 돈을 바다에 던지려고 나갔다가 결국 서울행 비행기를 탔어요. 못났지요. 이거 밖에 안 돼요."

"무엇이 가장 두려웠나요?"

"사회가 무서워요. 가난과 유혹과 질시와 경쟁과 핍박들 모든 게 다."

"세상이 좋아졌어도 여자 혼자 살기가 쉽지는 않지요. 남편에게 의존하다가."

"잠 좀 푹 자고 싶어요."

"잠깐만요."

의사가 내 말을 제지하듯 억양을 높였다.

"집을 나갔을 때 왜 섬을 생각하셨나요?"

"포구 근처면 언제든 떠나기 쉽고. (한참 만에) 꿈에 자주 손목을 스스로 그었어요."

의사는 입을 일그르트리고 비죽 웃음을 흘렸다, 갑자기 가시에 찔린 듯 움찔했다. 그의 웃음 속 냉소가 또렷하게 전해져왔다. 환자의 빨간 매니큐어와 고급의 밍크와 알이 굵은 다이아를 보며 물질만능의 부부행태를 지루해 하는 것이 틀림없다. 아 ! 나는 헛짓을 한 것을 깨닫고 부끄러워셨다.

"내가 속물인거 알아요."

반시적으로 벌떡 일어났다. 머리가 뒤죽박죽 헝클어졌다. 어서 이곳을 빠져 나가고 싶다. 흔적 없이 사라지고 싶었다. 쫓기듯 황황히 계단을 내려가며 자신의 어리석음을 개탄했다. 나에 대해 누가 알랴?

거리로 나오니 저녁이었다. 여기저기 불빛이 돋아나고 있었다. 허공을 보고 걷다 전신주에 머리를 박았다. 얼얼하다. 의사의 웃음이 눈에 밟혀 떨어지지 않았다. 그는 호강에 겨워서 어쩌고 하는 말 대신 그렇게 웃었을 것이 틀림없다.

바람이 쓰레기를 휩쓸고 지나갔다. 걸음을 빨리 했다. 다른 가정은 집 집마다 불을 켜고 저녁상에 둘러 앉아 있을까? 혼자 먹는 밥은 늘 쓸쓸 하게 목이 메었다. 잠깐 그의 아내 역할 하는 배우였으면 차라리 좋았 을까?

이곳 말레이시아 채러팅 클럽 메드로 오게 된 건 서울의 물난리 때문 이었다. 서울은 비가 덩어리로 퍼부어 도시 전체가 흙탕물이었다. 오십 년 만에 처음이라는 기록적인 비였다. 잠수교가 물에 잠겨 교통대란으 로 천 여 곳의 학교가 휴교했으며 수재민들은 고립되어 있었다. 기상관 측 최악의 날이었다. 음식물들은 썩어서 부패했고 빨래는 눅눅하게 곰 팡이가 피었으며 집안 구석구석에서 하수도 냄새가 올라와 역겨웠다.

강민과 서인은 비행기를 타고 말레이시아로 피신했다. 햇빛이 쨍쨍한 아열대 지방으로 오니 서울의 물난리가 거짓 같았다.

"내일 떠나시죠?"

갑자기 들려온 소리에 고개를 들었다. 영우가 과일을 가져와 자리에 앉으며 물었다.

"낮에 판타이 비치라도 다녀오세요. 바람도 쐴 겸"

"그러지요 . 과일 더 천천히 들어요. 이만 일어나야겠어요.

몸을 일으켰다. 강민은 비치 의자에 누운 채 여전히 선 텐을 하고 있 다. 가까이 가도 여전히 그 자세다.

"안 피곤해요?"

애써 부드럽게 물었다. 강민은 알 듯 모를 듯 고개를 흔들었다. 선글라 스를 쓰고 있어 표정은 알 수 없었다.

"마실 것 좀 가져올까요?"

"주스나 한잔 가져와"

강민이 퉁명하게 뱉었다. 여행 와서도 저런 투의 말을 들어야 하나 싶었지만 저항을 죽이며 레스토랑 쪽으로 걸어갔다. 뒤로 강민의 시선이 느껴졌지만 태연히 걸으려 애썼다. 레스토랑에 준비되어 있는 오렌지 주스를 따라 강민에게 주었다.

"판타이 해변이 좋다는데 안 나갈래요?"

"무슨 원피스가 그래? 펑퍼짐한 게. 제대로 좀 입지 않고."

강민은 주스를 단숨에 마시더니 딴 소리를 했다.

"편해서 입었어요. 옷 갈아입고 나올 게요"

그가 뭐라고 트집 잡기 전에 얼른 몸을 돌렸다. 수영장을 뒤로 하고 느릿느릿 걸어갔다. 아열대의 붉고 푸른 꽃들이 도드라져 있는 잔디를 밟고 숙소가 있는 목조 건물 쪽으로 다가갔다. 고개를 숙여 오고 가는 사람들과 어깨가 부딪쳤지만 그래도 고개를 들지 않고 걸었다.

숙소에 이르러 방으로 들어갔다. 반바지에 가느다란 줄로 연결된 하늘색 탱크톱으로 갈아입었다. 챙 넓은 모자를 쓰고 선 그라스를 머리에 끼웠다. 방문을 잠그고 해변 가 쪽으로 걸어갔다. 말레이시아의 전통 양식인 단아한 목조 건물이 끝없이 이어져 있는 사이로 해변의 푸른 바다가 눈에 들어왔다. 잔디 사이로 난 길을 하염없이 걸어갔다. 아열대 지방의 나무와 꽃들 틈에서 새들이 울고 있었고 작은 도마뱀이 잔디밭을 가로지르며 쏜살같이 달아났다.

갑자기 대기가 불안정해지며 번개가 땅을 뒤흔들었다. 야자수가 주렁주렁 날린 야자나무 뒤에 몸을 숨기고 가만히 멈추었다. 번개는 곧 잦아들었다. 다시 발을 옮겼다. 강민에게 가야 한다고 생각했지만 발이 무의식적으로 반대방향으로 갔다. 아열대 날씨지만 축축한 기운이 있어 후덥지근하지는 않았다.

해변 가엔 인적이 없다. 클럽 메드 전용 해변이라 외부인의 출입이 금지되어 사방을 둘러봐도 아무도 없었다. 밤늦도록 극장에서 다채로운 쇼와 이벤트와 게임을 선보이기 때문에 늦도록 즐긴 사람들이 일찍 바다에 나올 리가 없었다. 부산 해운대 해수욕장처럼 넓은 해변에 혼자라는 것이 이상했다. 배 한 척 없는 바닷가가 무인도였다.

활처럼 굽은 해안을 천천히 걸어갔다. 파도는 잔잔했다. 발밑으로 파도가 몰려왔다 달아나며 모래를 쓸어갔다. 얼마 안 걸어 절벽이 나오고 백사장은 끝이었다.

서인은 바다 속으로 들어갔다. 한참을 걸어도 물이 무릎 밖에 차지 않았다. 모자를 바닷물에 던졌다. 선글라스도 바닷물에 빠트렸다. 머리를 물속에 넣었다. 몸이 떠오르기를 기다려 깊은 바닷가 쪽으로 헤엄쳐 들어갔다. 파도가 잔잔해 수영하는 데 큰 지장은 없었다. 얼마를 헤엄쳐 들어갔을까? 꽤 많이 왔다. 이제 고만 되돌아가야 했다. 그러나 서인은 계속 앞으로 나아갔다. 바다와 내가 하나 되었다. 모태 속의 양수 물처럼 편안했다. 얼마를 더 가자 숨이 막히고 힘이 딸려왔다. 가슴이 눌려지며 호흡이 가빴다. 버둥댔지만 몸이 스르르 가라앉았다. 발은 영원히 바닥에 닿지 않았다. 이대로 죽는 걸까? 정녕 죽으려고 한 걸까? 이렇게 갈 수도 있구나! 삼십 이년을 살았을 뿐인데. 이렇게 사라지는 것이 내가 원하던 것이었나?

그런데 몸이 가라앉지 않고 발에 무언가가 닿았다. 어떻게 된 걸까? 서인은 정신을 모아 바닥에 발을 딛고 일어서 보았다. 놀랍게도 물이 가슴밖에 차지 않았다. 그토록 멀리 헤엄쳐 왔는데 물이 깊지 않았다. 그래서 이곳이 휴양지로 사랑 받는 것 같았다. 끝없이 가도 빠지는 일은 없었다. 살고 죽는 것이 불가사의로구나.

물속을 천천히 걸어 나왔다. 모래 위에 털썩 주저앉았다. 허탈했다. 머릿속이 텅 비어 왔다. 손가락 하나 꼼짝 할 수 없다. 갑자기 속에서 뜨거운 게 목젖을 타고 올라왔다. 실컷 울면 시원할 것 같다. 그러나 서인은 목뼈가 부러진 사람처럼 고개를 꺾고 울음을 참았다. 울어도 시원 한 일은 없다. 강민은 누구고 자신은 누굴까? 어디까지가 나고 어디까지가 나 아닐까?

서인은 몸을 추슬렀다. 모래를 털고 일어났다. 야자나무 사이로 보이는 동과 동 사이의 건물 쪽으로 발을 내딛었다. 머리에서 물이 뚝뚝 떨어졌다. 길이 눈에 들어오는 대로 따라 갔다. 휘트니스 클럽 앞 넓은 초원에 서커스 줄이 늘어서 있었고 그 옆으로 길이 나 있었다. 한 시간쯤 걸었을까? 길이 막혀 길을 찾아 돌았다. 구부러진 길과 잘 뻗은 길을 번갈아 걷다 정신을 차리니 다시 서커스 장 앞이었다. 여태껏 걸어 다녔는데 결국 제자리였다. 아무리 팔 다리를 저어도 제 몸통에 붙어있는 것처럼 길은 원점이었다.

이곳 빌리지 안으로 들어서면 외부로 통하는 길을 찾기가 쉽지 않다. 첫날 안내를 맡은 영우 말에 의하면 정글과 정글 사이로 뚫린 길을 버스를 타야 외부로 나갈 수 있다고 했다. 걸어서 갈 수도 있지만 정글에서 이구아나와 왕 도마뱀과 야생 원숭이들이 튀어나오면 위험하다고 했다. 빌리지 밖의 미니 관광도 전용 버스를 이용하라고 했는데 그래서였나 보았다.

시간이 많이 흘렀다. 불현듯 초조해졌다. 강민이 화낼 것 같은 불길함에 휩싸였다. 걸음을 빨리 했다. 서두를수록 다리가 헛놓이며 중심이 안 잡혔다. 심장이 후드득 뛰었다. 뭐라고 변명할까? 제발 부드럽게 넘어가면 좋으련만. 그러다 갑자기 서인은 느릿느릿 산책하듯 발걸음을 떼었다. 아무래도 상관없다. 더 나빠질게 뭐 있나?

수영장에선 춤판이 한창이었다. 휴양객들이 물 밖에서 줄줄이 살사 댄스를 했다. 노처에서 모인 각양각색의 사람들이 젊거나 늙거나 뚱뚱하거나 홀쭉하거나 남국의 정열적인 음악에 맞춰 제멋대로 흥겨워하고 있었다. 강민의 모습은 눈에 뜨이지 않았다. 뒤에서 선 텐을 하는 사람들 무리에도 보이지 않았다. 수영장 뒤를 돌아 양궁장이 있는 곳으로 발을 옮겨 놓았다. 혹시 기다리다 양궁을 하고 있지 않으려나.

양궁장은 빌리지에서 가장 외진 곳에 있었다. 암벽타기 하는 곳을 지나 얼마를 더 가야 나왔다. 멀리 양궁장이 보였다. 가까이 다가갔다.

"또 만나 뵈네요.

누군가가 앞을 가로막았다. 영우다.

"양궁장에 가는 길인데 같이 가실래요?"

서인은 대답 대신 고개를 흔들었다.

"얼굴에 핏기가 없어요. 어디 불편하신가요? 의료실로 모셔가야겠네요."

"아니에요. 숙소로 가 누우면 되요"

다시 휘청휘청 걸어갔다. 영우가 뒤에서 바라보는 게 느껴졌지만 피곤해서 아무 생각도 떠오르지 않았다.

숙소로 돌아와 젖은 옷 그대로 침대에 몸을 던졌다. 완전히 탈진해 눈을 감았다. 얼마나 잤을까? 누군가가 몸을 흔드는지 가라앉은 몸이 붕 떴다. 눈을 뜨니 강민이 거인처럼 앞을 가로막고 있다.

"당신 왜 이래?"

부스스 상체를 일으켰다.

"돌았어. 난 아침도 안 먹었다고."

"가서 뷔페 하고 와요, 어지럽네요. 정신 좀 추스르고 나갈게요."

강민은 못마땅한 듯 서인을 노려보더니 문을 쾅 닫고 나갔다. 그는 어디서든 자신을 불편하게 하는 걸 못 견디었다. 몇 시까지 몸단장하고 행사장으로 오라고 갑자기 전화 해 줄 때가 있다. 나름대로 차리고 헐레벌떡 뛰어 갔을 때 옷차림이 맘에 안 들면 사람 많은 데서도 거침없이 눈을 흘겼다.

어느 땐 느닷없이 복어 찌개가 먹고 싶대서 싱싱한 놈 구하려고 수산물 시장을 운전해 가다 사고 나고 갑자기 직원들 데리고 와 술상 차리래서 쩔쩔 매기도 했다. 새벽에 잠이 안 와 거실에서 책 읽다 화장실 가려고 일어난 그에게 발견되면 물어보지도 않고 불을 탁 꺼 무안한 적이 한두 번 아니다.

그의 권유로 영어회화를 배운 적 있었다. 머리가 좋지 않은지 영어 알아듣고 말하기에 진전이 없자 그는 다른 집 부인들과 비교하며 혀를 찼다. 그때 당신에게 홀린 이유를 모르겠어. 하며 길게 한숨을 쉬었다.

서인은 강민의 발걸음이 멀어진 것을 확인하고 뒤이어 조용히 방을 빠져 나왔다. 문을 닫은 후 뛰다시피 걸음을 빨리 했다. 곧 떠난다고 생각하니 여행 와서 제대로 즐기지 못한 것이 안타까웠다.

갈림길에서 망설였다. 오른쪽으로 가면 메인 레스토랑과 바가 있고 왼쪽으로 가면 양궁 장과 꼬마 기차 타는 곳과 암벽 타는 데가 나왔다. 어디로 갈까? 잠시 우두커니 서 있다 꼬마 기차 있는 쪽으로 발을 돌렸다. 뒤에 돌아앉은 판타이 비치로 나가려면 꼬마 기차를 타고 이동해야 했다.

역으로 갔더니 꼬마 기차가 막 출발해 이십분을 더 기다려야 했다. 대기 의자에 앉았다. 막연히 하늘을 바라봤다. 구름이 가득하다. 손으로 머리를 부여안고 벽에 몸을 기댔다. 무릎을 오그리고 얼굴을 묻었다. 약간의 시간이 흘렀을까? 누군가의 손이 어깨에 닿아 있었다. 영우였다.

"여기 웬 일 이십니까?"

"아. 예, 그저"

서인은 얼버무렸다. 영우가 옆에 앉아 말을 시켰다.

"양궁하고 오는 길입니다. 옷이 젖었네요. 지쳐 보여요."

"……"

"안 되겠어요. 일어나세요. 내 방에 드라이기가 있어요. 옷부터 말려야 될 것 같아요"

영우가 먼저 일어나 사연스럽게 서인을 잡아끌었다. 부축되어 일어났다. 서인의 어깨에 팔을 두르고 바가 있는 쪽으로 걸음을 옮겨 놓았다. 영우의 어깨에 기댄 채 말없이 걸었다. 방은 꼬마 기차에서 가까운 동에 있었다. 열쇠로 문을 여는 동안 서인은 두 다리에 온 체중을 얹고 담담하려고 애썼다.

영우가 문을 열고 한 켠에 비켜섰다. 둘의 몸이 스쳤다. 서인은 발을 멈추었다. 서로 서로 어색하게 시선을 피했다. 낮 선 사람들끼리 싸운 듯 둘 다 경직되어 있었다.

"밖으로 나갈까요?"

영우가 먼저 침묵을 깼다.

"아무 말 하지 말아요."

서인이 영우의 입술에 두 손가락을 가져다 막는 시늉을 했다.

"드라이기 찾아올게요."

"아니. 아니에요."

서인은 한구석에 놓인 침대를 향해 갔다.

"이리로 와요"

영우는 못 박히듯 얼어붙어 움직이지 못 했다.

"힘들어요. 한번만 따스하게 안아줘요."

영우가 자석에 끌린 것처럼 다가왔다. 눈을 감았다. 곁에 눕는 기척이 느껴졌다. 침대가 좁아 두 사람은 자연스럽게 밀착되었다. 조용히 옆으로 돌아누웠다. 영우의 얼굴을 부여안았다. 이마에 입 맞추고 가슴팍에 고개를 파묻었다.

"떨지 말아요."

서인이 높낮이 없는 어조로 말했다.

"이렇게 십분만 가만 있어주면 되요."

영우의 손을 가슴에 얹었다. 심장 박동이 전해져왔다. 이마가 불덩어리였다. 옷 속으로 거친 호흡이 느껴졌다. 불안하지 않은 게 이상했다. 요 근래 이렇게 평온한 적이 별로 없었던 것 같다.

얼마의 시간이 흘렀을까?

영우가 갑자기 팅기듯 일어났다. 창가로 다가 가서 뒤를 보이며 숨을 몰아 쉬었다. 눈물 한 방울이 미어져 서인의 얼굴을 타고 흘렀다.

"미안해요."

영우는 복잡한 눈길로 서인의 시선을 피했다.

"고맙기도 하고."

서인은 말을 맺고 몸을 돌렸다. 영우가 돌아보지 않은 건 다행이었다. 머리를 손으로 추스르며 방을 나갔다. 복도를 걸어 계단을 내려갔다. 비가 쏟아졌다. 스콜이었다. 폭포처럼 쏟아졌다. 무언가가 폭발하듯 장대처럼 내리 꽂혔다.

스콜 속으로 걸어 들어갔다. 빗줄기가 온몸을 회초리로 때렸지만 피하지 않았다. 눈을 뜰 수가 없다. 빗물이 얼굴을 타고 아래로 흘러갔다. 잔디의 촉감이 미끄럽게 발에 닿았다. 그제야 맨 발인 것을 깨달았다. 그러나 되돌아 갈 이유라곤 없었다.

얼마 안 걸어 해가 나고 꿈처럼 스콜이 멈춰 버렸다. 강한 일사로 대류작용이 왕성하여 생기는 아열대 지방의 스콜은 벼락처럼 예고 없이 나타났다 사라졌다. 비가 그치자 대지는 살아났고 나무와 꽃들도 안심한 듯 기지개를 켰다.

심호흡을 하며 맑은 공기를 들이마셨다. 침이 고여 올라오는 것이 느껴졌다. 혀 속의 먼지와 때를 함께 꿀컥 삼켰다. 타액을 뱉어내면 시원할 것 같지만 더 깊숙이 목 속으로 집어넣었다. 그리고는 숙소를 향해 천천히 앞만 보고 걸어갔다. 가슴을 펴려고 안간힘 쓰면서 다리에 힘을 주고 꼿꼿이 한 발 한 발 앞으로 나아갔다.

물자라

유 민

아주 느린 걸음으로 개가 움직였다. 혀를 빼고 더위를 식히려는 듯, 그러나 폭염에 달궈진 농로를 한 치도 벗어남이 없이 늙은 개는 절뚝이며 산 위로 올라갔다. 구불구불 이어진, 지열로 끓는 농로가 산 중턱에서 끝나고 그 끝 지점으로부터는 위험하다는 걸 알고나 있는 걸까. 솔가지 타는 연기 피어오르고, 무언가 둔탁하고도 소름 돋는 난타소리에 이어 한순간 외마디 비명소리 잠겨든 엊그제의 불온한 저녁나절의 순간을 잊어버린 것인지도 모른다. 쇠줄로 단단하게 고정된 접근금지 푯말이, 붉은 페인트칠로 위협을 가하는 영역임에도 불구하고 개는 아랑곳없이 움직였다.

능선 어디에선가 딱따구리 무료한 듯 나무를 쪼아대는 소리를 들으며 노인은 때늦은 고사리를 꺾다 말고 허리를 폈다. 아지랑이처럼 퍼지는 지열로 시야가 뿌옇게 흐려지며 현기증이 일자 잠시 눈을 비볐다. 인자 늙은 게야. 하얀 물체가 비정상적으로 뒤뚱거리는 움직임을 주시하며 개를 향해서인지 아니면 자신을 향해서인지 모를 중얼거림을 한숨에 깊이 담아 내쉬며 손짓을 해댔다.

어서어……, 내려 오니라.

끓는 가래에 막혀 힘이 축 빠져버린 목소리와 안타까운 손짓을 늙은 개는 보았던가, 잠시 주춤거리며 노인을 바라보더니 그대로 농로 끝을 향해 움직였다. 끌끌 혀를 차던 노인은 물병을 꺼내 자리에 주저앉았다.

바람 한 점 없는 오월의 햇빛은 강렬했다. 멀리 거침없이 솟아오른 아카시아나무 사이로 붉은 페인트가 벗겨진 슬래브 지붕이 오후의 빛을 받아 붉게 타오르고 있었다. 마을은 고요했고 한낮의 정적 위로 아카시아 꽃향기 응고된 수은처럼 묵직하게 대지를 누르고 있었다. 계절의 날씨가 구분할 수 없는 폭염으로 며칠 째 이어지고 있는 건 몇 해 전부터 나타나는 이상 현상 때문일 것이다.

늘어진 봄 가뭄에 대지는 점차 습기를 잃어갔다. 말라가는 마지막 몸부림인 듯 아카시아 향기 더욱 짙어지고 있었다. 능선 어디선가 날개 퍼덕이며 울어대는 장끼와 함께 다시 무료하게도 나무를 쪼아대는 딱따구리 소리가 들려왔다. 힘겹게 일어난 노인은 걸망을 짊어지고 아주 느리게 움직였다. 잎이 넓게 퍼져가는 고사리군락 주변으로 돋아나는 새순을 찾아 헤맨 두어 시간에 비하면 걸망의 무게는 너무 가벼웠다.

더위를 실은 바람이 한순간 불어 지나간 뒤 늙은 개의 애타는 울음소리 들려왔다. 처량하고도 맥 빠진 소리였다. 노인은 꺾어든 고사리를 걸망에 담으며 농로 끝을 바라보았다. 개는 경사진 농로를 힘겹게 오르다가 이편을 내려다보고 있다. 선명하게 나타나는 발목부위의 하얀 붕대가 붉게 물들어 있다는 건 아마도 지혈이 풀려버린 흔적이리라.

치명적인 덫의 날카로움이 늙은 개의 발목에 깊은 상처를 주었을 것이다.

적요에 묻힌, 아직은 박명薄明인 시각, 노인은 새벽공기가 파열되는 소리를 들었다. 화들짝 놀라 창문을 열었을 때, 울부짖는 소리에 놀란 장끼 몇 마리 다급한 날갯짓으로 두려움에 떨고 난 후 다시 적요가 밀려들었다. 그 사이로 가느다란 신음소리 간간이 들려왔다. 처량했던 건 언제인가 석이가 주검으로 돌아왔을 때의 임자가 흘리던 신음소리와도 같은 느낌이었기 때문일 것이다.

이팝나무 평상 밑에 엎드려 고통을 호소하는 개를 바라보던 노인은 중얼거렸다. 많이 다친 게로구나. 살점이 흩어져 버린 발목은 허연 뼈를 드러낸 채 피를 흘리고 있었다. 용케도 덫을 빠져나왔니라. 늙은 개는 머리를 주억거리더니 노인의 손등을 핥았다. 노인은 피가 더 이상 흐르지 못하도록 약을 발라주고 압박붕대를 단단히 동여매 주었다. 기진맥진한 개는 힘겹게 일어서다 주저앉길 반복했다. 퉁퉁 부어오른 젖꼭지에서 멀건 액체가 뚝뚝 떨어져 내리고 있었다. 노인은 며칠 전 오일시장에서 터무니없이 낮은 가격에 판매하는 바람에 필요이상 구입 해다가 냉동고에 보관하던 고깃덩어리를 꺼내 삶았다. 평상에 앉아 개가 더 이상 군침을 흘리지 않을 때까지 고깃덩이를 썰어 던져주며 타일렀다. 위험한 곳이니라. 이제 저곳엔 가지 말거라. 개는 노인의 애타는 마음을 뒤로하고 일어나 꼬리를 흔들더니 절뚝거리며 대나무 숲으로 들어갔다. 늙은 개의 뒷모습이 애처롭고도 쓸쓸해 보이는 건 무슨 이유 때문이었을까. 노인은 고깃덩이를 든 채 멀어져 가는 늙은 개의 모습을 오래도록 바라보았다.

뙤약볕 때문인가, 귀 울음 들리더니 눈앞이 흐려졌다. 노인은 가쁜 숨을 내쉬며 그늘을 찾아 흐르는 땀을 씻었다. 올여름도 대단하겠구나. 노인은 불타는 폭염으로 한껏 달아오를 여름에 창궐할 단감나무 밭의 해충들을 떠올렸다. 기력이 없어 작년부터 돌보지 못한 감나무에는 진딧물이 미친 듯이 달라붙었다. 절반 이상이 낙과落果해버린 터라 수확은 참으로 쓸쓸했다. 점점 쇠약해지는 기력으로 올해도 해충방지를 하지 못하리라는 안타까움의 무게가 더없이 늘어지는 정신을 흐리게 하고 있었다. 오랜 기침으로 가래를 털고 나서 다시 발밑을 살피며 고사리를 찾았다.

능선을 따라 명당이라 생각되는 곳엔 어김없이 무덤들이 들어서 있다. 죽어서 명당자리에 묻히면 편안하기나 할까, 강물에 뿌려진 그네들은 지금쯤 넓은 바다에서 영면永眠하고 있는지 짙은 비애가 땀에 젖은 속옷으로 한기처럼 스며들었다. 며칠 후면 그네들의 기일이 다가올 것이다. 홀로 향을 피워 앉아 술 한 잔 따르는 일도 이젠 더 이상 무의미한 의식이 되어버리는 듯 했다.

분열된 조국에서 살 수 없어요. 두 주먹을 바짝 움켜쥔 석이는 결연함에 떨리는 목소리에 물기를 머금었다. 얘야, 너는 우리 집안의 마지막 희망이란다. 제발 그러지 말거라. 임자가 큰 사고라도 칠 듯한 자식의 비장한 목소리를 애써 누르며 말했지만 석이는 넙죽 큰절을 하더니 돌아보는 미련조차 거둔 채 벌판을 향해 거침없이 달려갔다. 노인은 그때 검붉게 타오르던 노을 속으로 빨려들 듯이 사라지는 석이의 뒷모습에 어른거리던 검은 그림자를 보았던 듯도 했지만 기억이 가물가물했다. 늙으면 기억도 사라지는 게야. 노인은 코를 팽하니 풀고 걸망을 움켜쥐었다.

시간이 흐를수록 몸이 무거워지고 있었다. 잘 손질된 몇 기의 무덤을 따라 힘겹게 움직였다. 차라리 흙속으로 영면했더라면 술 한 잔 부어주며 한탄이라도 했을 것을 무엇 때문에 시커먼 강물에 뿌렸단 말인가. 노인은 아직도 잊히지 않는 함몰된 석이의 주검을 떠올리며 고통을 감내하고자 정신을 집중했다.

아부지요. 고사리는 무덤 위에 핀 게 더 맛있다카이.

물 오른 고사리를 찾던 사월의 봄, 아이는 완만한 곡선으로 휘어지며 늘어진 강을 향해 발을 뻗은 두 기의 무덤 위에 서서 한 움큼의 고사리를 꺾어들고 소리쳤다. 생각보다 많은 수확의 자랑스러운 기쁨을, 어쩌면 제 아비에게 부쩍 성장하는 모습을 보여주기 위함인지 조금은 우쭐대는 모습으로 반짝이는 눈망울에 초록물빛 가득 담아 웃고 있었다. 얘야, ㄱ선 선소님늘 상에 올릴 수 없는 게다. 노인은 그때 일곱 살 석이를 나무랐던가 아니면 그런 아이를 보며 대견함에 흐뭇하게 웃었던가. 의식은 희부연 안개 속이었지만 마음에 잠시 여유로움이 흘렀다. 제 어미가 다리를 다쳐 움직이지 못하는 사이 지극정성 병간호로 더없이 성장해버린 아이가 의젓해보였을 법도 했다. 목청 높여 부르던 열두 살의 빨간마후라가 산의 골짜기를 흔들며 메아리로 울려 퍼지던 그때, 묵직한 대학생이 되어버린 녀석과 추억을 날리며 힘차게 능선을 오르며 행복해 했었을 것이다.

아부지요. 요기 고사리 억수로 많타카이. 무덤 위에서 폴짝폴짝 뛰며 아비를 불러대는 어린 석이가 다시 환영처럼 스쳤다. 봉분 위로 무수히 돋아난 고사리를 바라보며 노인은 힘없이 고개를 저었다. 네 어미와 함께 먹을 음식인데 그래도 남의 무덤에 핀 걸 올릴 수는 없지 않느냐. 능선은 완만했으나 노인의 완력으로 몸을 지탱하기엔 경사가 가팔랐다. 갈참나무에 기대 거친 숨을 내쉬다가 멀리 농로 끝을 바라보았다.

개는 접근금지 푯말이 붙어있는 견고한 철조망 주변을 어슬렁거리고 있다. 무엇을 찾으려 하는 걸까. 제 새끼가 저 속으로 들어간 것일까. 늙어빠져 이젠 새끼를 낳지 못하리라는, 저어기 염려되는 노인의 안타까움에 시위라도 하듯 아직 늙지 않았다는 오기를 보여주려 했는지도 모른다.

열흘 전, 개는 철조망 직각 모서리 주변에 깊이 박힌 거대한 바위 밑을 동그랗게 파내 자리를 틀더니 세 마리의 새끼를 낳았다. 그리고 엊그제부터 늙은 개는 새끼들을 찾아 능선을 후벼 파며 단단한 철조망을 물어뜯고는 했다. 밤새 들려오던 울부짖음이, 정적을 찢고 메아리의 여운을 남기며 종일 환청으로 맴돌았다. 노인은 걸망을 메고 느리게 움직였다.

너무 늦은 탓인지 식용할 고사리는 많지 않았다. 비탈진 능선을 타는 일도 이젠 지쳐가고 있었다. 늙은 게야. 한숨을 깊게 내쉬고 자리에 앉아 술병을 꺼내들었다. 한 모금 마시고 겨우내 썰어 말려두었던 단감 한 조각을 꺼내 씹으며 멀리 마을을 내려다보았다.

서울로 떠날낍니더. 중산댁 막내아들은 두 손을 가지런히 모으고 고개를 숙였다. 어르신예, 건강단디 챙기이소.

마지막 남았던 젊은이가 떠나버린 이래理峽마을은 침묵 속에 누워있다. 마을의 안녕과 풍요를 빌던 상원동제上元洞祭도 시들해졌고, 풍화를 앞세운 세월에 잡초들은 사람의 손을 타지 않는 빈집을 점령하며 황폐화시키고 있었다. 위풍을 떨치던 황 부잣집도 예외는 아니었다. 나이 팔순에 삼십 후반의 여인을 네 번째 아내로 맞이했던 황노인은 나흘도 채우지 못하고 저세상으로 갔다. 당산제 제주祭主로 면내유지로 제법 위용을 떨치던 황씨 일가족은 타살이네 복상사네 법정에 들락거리더니 재산분할로 만신창이가 됐다. 아홉이나 되는 이복자식들은 멱살을 움켜쥐고 한 푼이라도 더 건지기 위해 서로를 물어뜯었고, 계절이 바뀌면서 기와지붕엔 잡초만 무성했다.

마을의 구심求心으로 작용했던 황 일가의 스러짐이 미래의 활력을 잃어버리게 했는지도 모른다. 흙을 일구는 세월을 숙명으로 안고 살던 젊은이들이 도시를 향해 나아가자 마을의 안녕과 풍요를 빌던 당산나무는 더 이상 찾는 이들이 없어 시들해지고 말았다. 아이들 울음소리 끊긴 마을엔 명절에나 찾아올 자식들을 기다리는 늙은이들의 한숨과 적요로 가득했다. 경로당 정자에 기대 부쩍 멍한 시선 하늘을 향하는 세월이 길어질수록 침묵의 무게는 더없이 마을을 왜소하게 만들었다. 주요 읍내를 제외하고 면소재지 외진 마을 땅값은 더욱 떨어져 이제 이곳에 남은 늙은이들마저 떠난다면 완벽한 폐허로 변할 것이다.

늙은이들은 새벽부터 움직여 끊임없이 도전해오는 잡초들과 해충박멸에 안간힘을 쏟아 부었다. 무력한 날들은 세월을 이고 아주 느리게 깊어갔지만 그나마 노쇠한 움직임으로 폐허의 공간으로 점령당할 내일을 간신히 막아내며 두려운 오늘을 버티고 있었다.

노인은 단숨에 술 한 모금을 들이켰다. 한낮의 빛은 부락 위로 길게 작렬했지만 온기라곤 찾아볼 수가 없었다. 비정한 냉기로 서리가 내리며 아주 느리게 죽어가고 있었다. 노인은 그런 마을을 매일 내려다봐야 하는 슬픔이, 아직은 움직일 힘이 남아 있는 몸뚱이에 깊게 각인되어 있는 기억의 편린마저 조합할 수 없는 죄스러움과 한스러움의 산물이라 생각했다. 신산한 세월을 뒤로하고 이제 살아가야 할 날이 얼마 남지 않은, 홀로 남겨진 늙음에서 오는 쓸쓸함으로, 힘들 때마다 더불어 살 수 없는 마을을 향해 속죄하듯 마른입 속으로 버석거리는 담배를 태워 넣고 술잔을 털어 넣었다.

석이의 불온함이 더 이상 마을과 화합할 수 없게 만들었다. 그 이전부터, 석이 조부의 불온한 행적으로 이웃들과 보이지 않는 담을 쌓았다. 담쟁이덩굴은 소리 없이 견고한 석벽의자양분을 천천히 흡취하며 사이를 더욱 멀어지게 했다. 결코 편안할 수 없는 날들이 노인을 소심하고도 깊은 사색으로 침잠케 하는 성격으로 만들었지만 석이조부는 늘 당당했다. 조부가 세상을 떠나자 서로의 경계가 조금씩 허물어지는 듯하기도 했지만 십여 년을 넘게 흐르는 사이 더욱 견고하게도 부서지지 않을 인위의 장막으로 둘러쳐졌다. 석이의 담당이라며 끊임없이 찾아오는 낯선 이들 때문에 이웃들의 매서운 눈치를 봐야 했던 노인은 부락과 멀리 떨어진 산의 능선 과수원 끝자락에 슬래브창고를 지어 쫓기듯 스며들었다. 불필요하게 변이된 감정이, 지난한 세월의 좋은 인연들을 파괴할 것이라는 생각이 노인을 위로 밀어 올린 것이다. 노인은 묵묵히 작은 과수원을 일구며 신산한 세월을 감내했다.

뻐꾸기 울다 사라진 자리에 산바람 불어오다 스러지고 있었다. 기력이 조금씩 회복되고 있음을 느끼며 노인은 다시 한 모금의 술을 마셨다. 견고한 철조망 바닥을 성한 발로 긁어내는 늙은 개를 바라보던 노인은 끌끌 혀를 차며 고개를 저었다. 이제 그만 쉬려무나. 철조망 속에서 생솔가지 타는 푸른 연기 피어오르고 있었다. 노인은 다시 한 번 허공을 향해 안타까운 손짓을 해댔다. 늙은 개는 오직 파헤침이 목적인 듯 노인이 부름에 반응조차 없이 아주 천천히 흙을 밖으로 밀어내고 있다. 노인은 고개를 돌려 다시 마을을 내려다보았다. 늦은 오후의 집요한 적요 속에 저 홀로 반짝이는 저수지의 쓸쓸한 물빛 수면과, 죽음의 그늘로 스며들

듯 침묵에 잠긴 마을의 기운을 담고 더위를 실은 바람이 불어왔다. 노인은 가물거리는 눈꺼풀에 힘을 주었다.

분홍원피스를 입은 천 씨네 손녀가 농로를 따라 아주 느리게 올라오는 모습이 희미하게 보였다. 아이는 저수지를 지나 아카시아 숲이 우거진 바위틈에 쪼그리고 정물처럼 앉아 있다. 아카시아꽃 눈처럼 바람에 날려 비쩍 마른 아이의 긴 머리칼 위로 우수수 떨어져 내렸다. 물비늘 반짝이는 담수한 작은 저수지를 바라보며 깊은 생각에 잠겨 있는 아이. 노인의 얼굴에 미소가 번졌다.

애야, 연지야.

가래 끓는 목소리가 한낮의 정적을 흔들었다. 가물거리던 아이의 모습이 시야에서 사라졌다. 노인은 힘없이 고개를 저었다. 아이는 더 이상 노인 앞에 나타나지 않을 것이다. 그 사실을 문득 깨닫게 되자 노인은 쓸쓸히 웃었다. 물비늘 반짝이는 저수지 위로 분홍빛 옷자락이 하늘거리며 춤추는 듯 했다.

보름 전이었던가.

안개 짙은 새벽, 노인은 텃밭에 심어진 고추모종을 돌보다가 멀리 산 안개 속에 스며든 아이의 맑은 노랫소리를 들었다.

진달래꽃 피었어요. 개나리꽃 피었어요. 엄마하고 아빠하고 앞산에 꽃 구경 가봤으면……. 노인은 황급히 일어나 산안개 자욱이 흘러든 마을을 내려다보았다. 멀리 분홍원피스를 입은 여자아이가 농로를 따라 올라오고 있었다. 짙은 안개가 아이의 모습을 가렸다가 내보일 때마다 노인은 꿀꺽, 침을 삼켰다. 이팝나무 평상에 올라 발돋움으로 아주 오랜만에 들어보는 아이의 노랫소리에 이은 분홍원피스 하늘거리는 모습을 신기한 듯 바라보았다. 아득한 옛 기억에 남겨진 아이들의 모습을 분홍빛 소녀에게서 보았던 것인지도 모른다. 가슴이 콩닥거리며 심하게 떨려왔고 오금이 다 저렸다.

갑자기 아이가 주춤거렸다. 담수한 저수지입구까지 사뿐거리며 올라오던 발걸음이 아주 느려지고 있었다. 낯선 길에 대한 두려움 때문이었을까, 아니면 산안개 자욱한 능선으로부터 흘러드는 정적이 두려움을 주었던 때문일까. 순간 노인은 애가 타기 시작했다. 아이가 어서 이곳으로 와주길 원하는 간절한 바람이 무너지지나 않을까 조마조마하며 힘을 보태줄 요량으로 이팝나무 가지를 콱 움켜쥐며 중얼거렸다. 겁먹지 말거라 아이야. 그저 산안개일 뿐이란다. 노인이 애타는 바람이 전해졌는지도 모른다. 멈추었던 아이의 발걸음이 조심스레 움직였다. 그러나 그뿐이었다. 노랫소리가 뚝, 끊기더니 더 이상 농로를 따라 올라오기를 포기하고 아이는 되돌아 뛰어가고 있었다. 산안개 흘러든 골짜기에서 뻐꾸기 울어대고 아이의 달리는 발소리가 안타까운 심장 속으로 타닥타닥 스며들며 힘없이 무너지고 있었다.

맥이 탁 풀린 노인은 평상에 주저앉아 담배를 꺼내 태웠다. 안타까움 속에 급작스레 외로움이 밀려들고 있었다. 문득 세간世間을 멀리한 석미를 떠올렸다. 민들레 홀씨 불어 날리며 아직은 시멘트로 닦지 않은 황톳길, 먼지 풀풀 일으켜 걸으며 맑고 고운 소리로 노래를 부르던 아이. 석미는 노래를 잘했다. 읍면내 노래경연대회에서 장원을 하기도 했다. 아이는 커서 하춘화나 주현미처럼 멋진 가수가 되고 싶다고 했다. 노인은 그때 아이에게 훌륭한 가수가 되라고 했는지 아니면 공부 잘해서 좋은데 시집을 가라고 했는지 기억할 수가 없었다. 아마도 아이가 꿈을 꾸었을 미래의 가수를 침묵으로 지지해주었을는지도 모른다.

아이가 사라짐에 대한 실망으로 평상에 얼마나 앉아 있었던가. 능선을 넘은 햇살이 산안개를 밀어내고 있었다. 노인은 안개 걷힌 산야 지천에 만개한 붉은 진달래꽃을 바라보았다. 석이와 석미가 좋아했던 꽃. 분홍 원피스를 입은 아이는 아마도 저 붉디붉은 진달래꽃을 찾아 올라왔었는지도 모른다.

붉은 꽃잎 떨어지면 할아버지 가슴도 아프겠지요. 고사리를 꺾다말고 깊은 사색으로 침잠하던 석이가 불쑥 내뱉었다. 할아버지 품에서 자랐던 아이. 길림에서 항일운동을 전개하다 남하해 모진 고문을 받고 풀려난 조부의 이력에서 아이는 무엇을 얻었던 것일까. 붉은 진달래를 보면서 할아버지를 떠올리는 건 핏빛 물든 산길을 함께 걷던 강렬한 추억 때문이었던 것일까. 아니면 모진 눈보라 뚫고 성전聖戰의 길에 섰던 전설과도 같은 투사들의 결연함을 설화처럼 들려주던 때문이었을까. 그때 어린 석이는 어떤 눈동자로 전설을 담고 있었을까, 알 수가 없었다. 대학생활 이 년 만에 의젓한 어른이 되어버린 듯 했지만 조금의 불안감이 노인을 밤잠에서 자주 깨어나게 만들었다.

석이에 대한 기억과 함께 아이의 낭랑했던 노래는 이명으로 남아 머리를 울리고 있었다. 가끔 개 짖는 소리가 마을의 정적을 휘저을 뿐 햇살 가득 펼쳐진 침묵은 노인에게 어느 집 아이인가를 골몰하게 만들었다. 늦은 아침도 거른 채 이팝나무 주변을 괜스레 서성거렸다. 무료한 시간은 더디게 흘러갔고 무뎌진 늙은 귀의 신경은 온통 마을로 향하게 했다.

늦은 오후 들어 아이의 맑은 웃음소리가 메아리처럼 들려오자 노인은 황급히 이팝나무 평상에 올라서서 마을을 내려다보았다. 늙은이들이 경로당 정자를 향해 빠르게 모여들고 있었다. 그네들의 요청에 따라 아이는 깜찍한 율동을 곁들이며 목청 높여 노래를 부르고 있을 자도 모른다. 갑자기 활기가 넘쳐버린 정자를 향해 노인은 잠시 질투어린 눈빛을 내보내곤 이내 돌아서서 고추모종에 거칠게 물을 뿌려댔다. 너는 아주 못된 아이로구나. 햇빛에 반사된 물줄기에서 오색 빛이 찬연했다. 그 속에 아이의 분홍원피스가 아른거리자 노인은 들고 있던 호스를 내팽개쳤다. 열불 같은 것들이 가슴속에서 확확 타올랐고 쓰라렸다.

개의 울음소리에 노인은 술병을 닫으며 농로 끝을 바라보았다. 늙은 개는 단단히 걸려 있는 접근금지 푯말 옆 바위에 올라 철조망을 향해 안타깝게 울부짖고 있었다. 기운이 빠진 울부짖음의 흐느낌을 잠식하는 분노를 담아 거대한 소리가 철조망 속에서 울려났다. 늙은 개는 바위에서 내려와 꼬리를 바짝 말아 뒷다리사이로 집어넣고 서 있다. 침탈하려는 적을 향해 거칠게 짖어대던 떼거리의 사냥개들은 지쳤는지 아니면 상대를 완벽히 제압했다는 승리감에 도취되었는지 더 이상 짖어댐을 멈췄다. 늙은 개는 농로 끝에 납작 엎드려 힘없이 고개를 바닥에 묻고 있다. 오후의 폭염이 늙은 개의 머리를 묵직하게 내리누르는 농로 끝은 적막했다. 아마도 늙은 개는 저곳을 영원히 떠나지 않을지도 모른다고 생각하면서 노인은 침침해지는 두 눈을 소매로 문질러댔다.

접근금지 푯말이 철조망에 단단히 박힌 임야에는 거역할 수 없는 음습한 공기가 맴돌았다. 임야 주인이 바뀌었다는 소문이 떠돌즈음 회색빛 철망은 어느 순간 산의 한쪽 능선을 완벽히 절단한 듯 철벽처럼 나타났다. 탑차들이나 검은 세단 무리들이 어쩌다 한 번씩 들락거릴 뿐 침묵과 안개에 쌓여 있는 저 십여만 평의 거대한 공간은 정글의 비밀처럼 암전으로 버티고 서 있다.

임야의 주인을 아는 이는 아무도 없었다. 사람의 흔적조차 어둠속에 묻혀버릴 늪지의 세계, 어쩌다 한 번씩 정적을 깨뜨리는 무섭도록 강렬한 사냥개의 울부짖음이 혹여 거대한 공간에 대한 호기심을 거세하며 의구疑懼의 철벽을 만들고 있을 뿐이다. 네 발로 움직이는 것들이 하나 둘 사라지고 청솔가지 타는 연기 피어나는 그곳은 감히 범접할 수 없는 무언의 압력으로 난타와 침묵을 동반하며 삼중의 자물쇠로 견고히 채워져 있었다.

두어 모금의 술이 피곤을 씻겨주었다. 노인은 능선을 질러 농로 끝을 향해 느리게 움직였다. 아홉 기의 무덤이 초라하게 펼쳐졌다. 천 씨네 선산이었다. 노인은 천도인屠人 무덤 앞에 걸망을 풀고 앉았다.

자네나 나나 힘든 세상살이였네. 노인은 술 한 잔 따라 무덤가에 놓아주고 꿀꺽 한 모금을 축였다. 자네 집도 이제 아주 대가 끊긴 겐가. 노인은 잔디가 아직 뿌리를 내리지 못한 영수의 봉분을 바라보며 말을 이었다. 노랫소리가 아주 고왔던 손녀였다네.

노인은 멀리 마을을 내려다보았다. 분홍원피스가 바람에 팔랑거리는 듯했다. 연지가 지나갈 때마다 상큼한 진달래꽃 향기 바람에 흩날렸던 건 스러지는 세월을 환기시켜 주었기 때문일 것이다. 아이의 활짝 웃는 모습이 눈에 선했다. 노인 가슴에 스며든 여린 물기 촉촉이 베어 나왔다.

아이가 새벽안개 휘저으며 농로를 따라 노인 집으로 올라온 것은 고추 모종에 물을 주던 그로부터 이틀이나 지난 뒤였을 것이다. 노인은 그때 비릿하면서도 풋풋한 젖 냄새를 맡았다. 한순간 석이와 석미가 나타났다가 사라졌다. 뒤를 돌아보니 비쩍 마르고 아주 하얀 여자아이가 서 있었다. 그때와 같은 분홍원피스를 입은 채로 할아버지 안녕하세요, 하고 고개를 꾸벅 숙여 힘차게 인사하는 아이를 보자 급격히 빨라지는 피돌기에서 기분 좋은 소름이 돋았다. 잃어버린 젊음이, 잃어버린 세월이 낭랑한 아이의 목소리에 담겨 있었다. 노인은 반갑게 아이에게 손짓했다. 아이는 일말의 경계심도 없다는 듯이 노인에게 다가갔다. 너는 어느 집 아이냐? 뼈가 으스러지도록 안아주고 싶은 충동을 간신히 억제하며 노인은 눈을 반짝거렸다. 저는 천연지라고 해요. 아이가 사립문을 가리켰다. 누군가 비틀거리며 들어오고 있었다.

어르신 안녕하세요. 천 씨네 외아들 영숩니더. 꾸벅 인사하는 그를 바라보던 노인이 손을 덥석 잡았다. 네가 영수더냐? 노인은 이팝나무 평상으로 그를 황급히 이끌어 앉혔다. 얘가 네 딸이고? 그는 고개를 끄덕였다.

피폐한 몰골이 말이 아니었다. 술 냄새가 폴폴 풍겨났다. 노인은 안쓰러워 담배 한 개비를 꺼내 태우며 산안개 자욱한 그의 선산을 바라보았다.

그래 맞다! 나는 개 같은 백정인기라! 가슴을 치며 울부짖던 천도인 모습이 산안개 따라 사립문으로 핏빛처럼 흘러들고 있었다.

그날은 황 부잣집 넷째가 결혼하던 날이었을 것이다. 온몸에 벌건 피를 뒤집어쓴 천도인은 섬뜩하니 날선 칼을 들고 휘둘렀다. 황씨네 대문 기둥 깊숙이 칼을 꽂은 천도인 눈에서 시퍼런 불꽃이 튀었다. 모두들 슬금슬금 피하며 그를 분노케 한 원인이 어디에 있는지, 뒤에서나 수군댈 일이지 대놓고 영수 앞에서 백정이라고 무시했던 눈치 없는 사람들을 원망할 겨를도 없이 잔칫집은 그야말로 쑥대밭이 되고 말았다.

그날 이후 마을에서 부탁하는 대소사를 거부한 천도인은 중학교를 마친 영수에게 백정의 자식이라고 놀림 받기 싫거든 죽기를 각오하고 공부하라며 서울로 떠나보냈다.

군내에서 제법 잘 나가던 집안이었다. 집권지구당 부위원장으로 국회로 입성하고자 부단히 노력했던 영수네 조부는 재산만 털어먹고 본향인 부락으로 들어와 소작일로 근근이 풀칠하다가 세상을 버리고 말았다. 남겨진 빚을 갚기 위해 면내 도축장을 찾은 영수부친은 칼을 들었다. 워낙 손기술이 뛰어났기에 몇 해 지나지 않아 면내에서 알아주는 도축의 경지를 이루었다는 소문이 퍼졌다. 그의 신들린 칼날이 번득이며 물 흐르듯 허공에서 춤을 추면 짐승의 전신은 단숨에 부위별로 나뉘었다. 완벽한 작업에 모두들 혀를 내둘렀고 살아 있는 짐승들은 그의 손을 거쳐야만 탄력 있는 육질에 미味의 감각을 찾을 수 있다며 경탄했다. 경조사가 들어설 때마다 면내 마을은 물론이고 멀리 읍내까지 그를 불러들였다. 사람들은 가히 신의 경지를 이루었다며 천백정이라고 부르던 그를 조금 순화시켜 천도인道人이라 했다가 그래도 백정이 아니냐며 천도인屠人-도부屠夫-라 불렀다. 천도인은 부친으로부터 물려받은 빚을 모두 갚고 마을안쪽 귀퉁이 작은집 한 채까지 장만했다. 황노인에게 저당 잡혔던 임야선산까지 되찾는 저력을 발휘했으나 선산을 찾자마자 할 일을 마쳤다는 듯 마을 한 가운데 무릎 꿇고 앉아 제 가슴 깊숙이 칼을 꽂았다. 나를 더 이상 백정이라 부르지 마소! 그가 절규하며 내뱉던 한마디가 이래마을을 울렸다. 영수 나이 열일곱이었다.

노인은 영수를 측은하게 바라보았다. 손을 달달 떠는 걸 보면 매일같이 술을 마시는 게 틀림없었다. 한 많은 세월을 살다간 천도인과 너무도 닮아 있었다. 힘들 때마다 집으로 찾아와 신세 한탄하며 술잔을 기울이던, 마을에서 서로의 아픔을 위무해주고 기대던 유일하면서도 가장 친한 벗이기도 했다. 그의 아들이 볼품없는 몰골로 마주하고 있었다.

죄송한데예, 술이나 있으면 한잔 주실랍니꺼.

노인은 고개를 끄덕였다. 오일시장을 다녀올 때마다 아내와 이혼하고 힘들게 살고 있더라는 소문을 익히 들었던 터였다. 저런 몰골로 고향을 찾아왔다니 참으로 가슴이 저릿했다. 급히 냉장고에서 고기를 꺼내 굽고 밥을 차려왔다. 그네들은 밥을 많이 먹지 않았다. 영수는 술만 들이켰고 연지는 과일을 천천히 씹어 먹었다. 그는 말이 없었다. 벌건 눈으로 선산이 있는 능선방향을 자꾸만 쳐다보았다.

이팝나무 위로 산안개 자욱이 흘러들고 있었다. 노인은 영수에게서 석이와 석미의 잔영을 보았다. 함께 산속을 누비며 칼쌈하던 어릴 적 모습이 그의 눈에 담겨 있었다. 노인은 가슴이 쓰라려오자 단숨에 술잔을 비웠다.

스님을 뵈었지요. 영수가 말했다. 세상일에 초연해 보였습니다. 노인은 말없이 고개를 끄덕였다.

이태 전, 집으로 찾아왔던 석미는 수덕사의 작은 암자에 머물고 있다고 했다. 아버님, 제 법명은 무애無愛입니다. 박박 빌어버린 머리가 달덩이 같았다. 아버님을 모셔야 하나 아직 공부가 많이 부족합니다. 머리를 조아리고 숨죽이며 흐느껴 울던 석미는 정성껏 저녁을 지어 봉양하고는 새벽이슬 밟으며 떠났다. 사립문 너머 사라지는 아이의 조심스런 발자국 소리를 들으며 끝내 참았던 눈물을 흘렸는지 노인은 기억할 수가 없어 다시금 술잔을 비워냈다.

제가 참말로 석미를 좋아했는데 말입니다.

노인은 고개를 끄덕였다. 석미 또한 영수를 좋아했다. 둘은 어릴 적부터 석이와 함께 하루도 떨어질 날이 없이 어울려 다녔다. 동네 사람들이 백정의 자식과 어울린다며 손가락질 할 때도 노인은 동병상련의 우애를 잃지 않도록 했다. 서울로 떠난 영수는 공부를 잘했다. 서울의 S대학 경영학과를 졸업하던 그 해, 석미는 오빠의 의문스런 죽음에 충격을 받아 방황할 때였다. 뜨거운 심장을 가진 이들이 끊임없이 거리로 온몸을 내던지던 때, 학내외에서 집회를 조직하던 석이는 갑자기 실종됐고 외진 국도에서 의문의 교통사고를 당한 채 한줌의 재가 됐다. 어미가 가끔씩 예배하던 절에다 영혼을 안치하고 사십구재를 회향하던 날 어미는 석이와 함께 있겠다는 말 한 마디를 남기고 아이의 유골이 뿌려진 시퍼런 강물에 뛰어들었다. 줄기차게 내리는 빗줄기 속에 강바닥을 샅샅이 뒤져 삼일 만에 찾아낸 어미는 석이의 사진을 손아귀에 움켜쥐고 놓지 않았다. 고인의 뜻대로 화장을 한 어미는 석이의 흩어진 주검 위에 뿌려졌다. 매일 혼절하다시피 통곡하던 석미는 스님의 말씀 따라 절에 기거하며 매일 삼천배로 삼백일을 채우고는 집으로 돌아왔다. 대기업에 취업한 영수가 집으로 찾아와 청혼을 했지만 제 어미와 석이의 영정을 붙들고 오랜 시간 눈물짓던 석미는 편지 한 장 남기고 미련 없이 속세를 떠났다.

석이가 떠나고 임자마저 떠난 세상은 아득한 벼랑과도 같았다. 노인은 더 이상 살고 싶은 의욕을 상실했다. 삼백일 기도를 마치고 석미가 돌아오던 그날부터 노인은 밤새 술에 취해 헛소리를 지껄였다. 딸아이에게 참으로 면목이 없던 길고 긴 밤이었을 것이다. 어쩌면 그런 면목 없음으로 인해 석미가 속세를 등졌는지도 모를 일이었다. 노인은 술잔에 술을 가득 부어 단숨에 마시고는 거칠게 마른세수를 해댔다.

경륜장에 가서 부모님 등골을 죄다 빼먹었지요. 정신 차리고 사업을 해보려고 했는데 이 아이 때문에……. 그는 아이의 머리를 쓰다듬었다. 아이는 아빠 무릎을 베게삼아 잠들어 있었다. 소주 두 병이 빌 동안 서로 말이 없었다.

석이와 함께 자취했던 친구가 있었지요. 오랜 침묵을 깨고 영수가 말했다. 그 친구는 자신 때문에 석이가 그렇게 됐다며 오랜 시간 괴로워했습니다.

마을로 스며든 안개가 천천히 걷히고 있었다. 멀리 금빛햇살 내려와 넓은 벌판을 채우며 안개를 밀어내고 있었다.

친구는 며칠 밤을 새워 통곡하더니 빌딩 꼭대기에서 수십여 장의 혈서를 뿌리며 한 마리 새처럼 아주 멀리 날아올랐다고 했다. 두 아이는 세상을 향해 어떤 자양분을 뿌려댄 것일까, 알 수가 없었다. 노인은 아주 천천히 술잔을 비우고는 눈을 감았다. 이십여 년이란 세월이 흘렀음에도 불구하고 석이의 얼굴보다도 한 마리 새처럼 하늘높이 날아오른 친구라는 아이의 하얀 얼굴이 잠깐 나타났다가 사라졌다. 방학 때마다 석이와 함께 놀러왔던 까만 뿔테 안경에 유독 눈이 큰 아이. 언젠가 낯선 이들과 함께 집으로 찾아와 눈물로 애원하며 석이의 소재를 묻던 아이가 그 아이였을지도 모른다. 강원도 깊은 골짜기에서 상경했다는, 석이처럼 순박했던, 남방의 하찮은 들풀의 이름까지 기억하려 애쓰던, 시인을 꿈꾸는 호기심 많은 그 아이였을 것이다.

새벽마다 선산에 올랐심더. 영수가 말했다. 산과 산이 마주한 골짜기를 바라보면 새벽안개 춤을 추며 한순간 멎어있듯 구름인 듯 흘러가는 풍경에 더없이 명징해지는 기분을 느꼈다고 했다. 세상살이 고단한 번뇌들을 씻어내는 일과로 엄숙한 의식을 치르듯 매일처럼 그렇게 선산에 올랐습니다. 그래야만 부모님께 죄스런 마음의 짐을 조금이나마 덜 수 있을 것 같아서요. 술잔을 단숨에 비운 영수는 한숨을 길게 내쉬었다. 마을이 거의 폐허가 되었군요. 노인은 고개를 끄덕였다. 바람 한 점 없는 고요한 마을을 바라보고 있노라면 고립된 무덤처럼 적막감으로 쓸쓸하고 더욱 초라해지는 심경은 노인만이 느끼는 비애가 아닐 것이다.

소주 한 병을 더 비운 영수는 잠든 아이를 등에 업고 사립문을 나섰다. 비틀거리는 그를 바라보며 노인은 무겁게 감기는 눈꺼풀을 억지로 떼어내려 애썼다.

노인은 천도인에게 따라 주었던 술잔을 거두어 영수에게도 한 잔 부어주었다. 연지 무덤 에는 사탕과 사과 한 알을 놓아주었다. 노인은 마지막 남은 술 한 모금을 입속으로 털어 넣고 멀리 물빛 반짝이는 저수지를 바라보았다. 아카시아 꽃잎 불어 날리며 무료한 듯 움직이던 아이의 형상이 아른거렸다.

아이의 아버지는 며칠 째 죽은 듯이 누워 있었다고 했다. 연지는 저수지 옆 물웅덩이에서 물자라를 잡고 있었다. 황갈색 타원형의 껍질로 덮인 손톱만한 물자라는 아이의 손에서 안타깝게 바둥거렸다. 아이는 물자라 등에 달린 알을 유심히 들여다보다가 물속에 조심스레 놓아주며 말했다.

할아버지. 물자라는요, 아빠 등에 새끼를 낳는데요.

핏기 하나 없는 아이는 힘이 없어 보였다. 물속 돌 틈으로 사라진 물자라의 형체가 더 이상 보이지 않자 아이는 일어섰다. 어둡고 고요한 물속과 다글다글 끓어오르는 햇볕의 한 가운데에 서서 두 손을 비비며 물기를 털고 있었다.

집이랑 선산이랑 죄다 넘어갔고요. 딸아이가 불치병이라 어찌 손볼 도리가 없었답니다.

수사를 담당했던 형사가 들려주던 이야기를 떠올리며 노인은 그때서야 영수가 딸아이와 함께 마지막 희망을 갖고 고향을 찾았음을 알았다. 노인은 삼일이나 지나서야 저수지 위로 떠오른 그네들을 안타깝게 떠올리며 무덤을 바라보았다.

진달래꽃 피었어요. 개나리꽃 피었어요. 선생님과 친구들과 앞산에 꽃
구경 가봤으면……. 아이의 웃음소리에 섞인 맑은 노랫소리가 들려왔다.
노인은 연지의 무덤을 쓰다듬었다. 딸아이 손을 잡고 안개 자욱한 길
을 걸어 사립문을 열던 새벽, 절망적인 그의 모습을 알아차렸어야 했었
다. 진작 얘기를 했더라면 남은 세월 함께 살아갈 수 있는 방법을 찾았
을는지도 모른다. 늦은 후회는 늘 아쉬움을 남기며 흐르는 세월에 절망
을 담는 법이다. 노인은 경사진 농로를 조심히 걸어 집으로 향하며 중얼
거렸다. 펜안히 잘 쉬라.

노인은 장작을 피워 가마솥에 물을 끓였다. 걸망 가득 채워진 고사리
는 그래도 양이 풍족했다. 내 살아 있는 동안 무주고혼이 되어버린 천
씨네 선산에도 뫼 한 그릇에 고사리나물 가득 담아 올려 주리라. 노인은
펄펄 끓는 물에다 고사리를 집어넣으며 땀을 훔쳤다.
아버님, 무덤속의 자양분을 먹고 사는 고사리가 단단하고 맛도 좋다
카데 예. 아버님은 어떤 자양분을 드시고 사십니꺼? 초록물기 올라오던
봄날, 아이와 함께 진달래 핏빛 물든 능선을 타며 고사리를 꺾던 그 해,
의젓해 보이던 석이의 목소리는 굵고 정감이 있었다. 4년의 대학 생활
이 아이에게는 더없이 어른스러움을 안겨주었을 것이다. 그러나 그 따
스했던 봄날이 이 세상 석이와는 마지막이었다. 더 이상 아이와 함께 고
사리를 꺾으러 능선을 타는 일은 없을 것이다. 어쩌면 아이와 함께 능선
을 헤집으며 물오른 고사리 함께 꺾던 소박한 행복이 사라짐에 더없이
애타하는 마음이, 새벽이슬 밟으며 조심스레 사립문 너머 회색빛 공간
으로 안개처럼 스며들던 아이의 발자국소리, 눈물, 고독과 회한 따위가
있기에 아직은 살아 있게 만드는지도 모를 일이다. 세월은 흔적도 없이
아니 고통스런 흔적을 남기며 빠르게 혹은 아주 느리게 흐르며 늙음만
을 남겨놓고 있었다. 남겨진 스스로의 고통이 무엇인가를 떠올리며, 때
로는 침묵하고 괴로워하며, 눈물을 남기기도 하며…….

서녁노을 붉게 물들고 있었다. 노인은 이팝나무 평상에다 대나무 발을 펼치고 삶은 고사리를 널었다. 이 애비는 말이다. 세월을 묵고 산다. 땀을 훔치며 노인은 중얼거렸다.

며칠이 지나도록 늙은 개는 보이지 않았다. 피어오르던 생솔가지 푸른 연기는 이미 진한 송진 냄새와 함께 사라지고 없었다. 산안개 흘러들고 붉은 노을 펼쳐지는 마을과 멀리 벌판의 끝자락을 바라보며 노인은 이팝나무 평상에 앉아 고사리나물을 안주 삼아 술을 마셨다.

모두들 빠르게 흘러가고 늙음만이 아주 느린 걸음으로 적요의 세월을 걷고 있었다.

* 인용 : 동요 – 꽃구경/ 김성균 작사

불교문예 동인지 02
야단법석 2
©불교문예 동인, 2017, Printed in Seoul, Korea

초판 1쇄 인쇄 | 2017년 4월 1일
초판 1쇄 발행 | 2017년 4월 5일

지은이 | 불교문예 동인
펴낸이 | 문혜관
편집인 | 고미숙
펴낸곳 | 불교문예출판부

등록번호 | 제312-2005-000016호(2005년 6월 27일)
03656 서울시 서대문구 가좌로 2길 50
전화 | 02) 308-9520, 010-2642-3900
전자우편 | bulmoonye@hanmail.net

ISBN : 978-89-97276-19-6 (03810)

이 도서의 국립중앙도서관 출판예정도서목록(CIP)은 서지정보유통지
원시스템 홈페이지(http://seoji.nl.go.kr)와 국가자료공동목록시스템
(http://www.nl.go.kr/kolisnet)에서 이용하실 수 있습니다. (CIP제어
번호 : CIP2017007032)